文春文庫

ショートケーキ。

坂木 司

文藝春秋

Contents

ショートケーキ。

倒れないようにケーキを持ち運ぶとき人間はわずかに天使

岡野大嗣

『玄関の覗き穴から差してくる光のように生まれたはずだ』
（ナナロク社刊、木下龍也氏との共著）所収

ホール

Shortcake

Tsukasa Sakaki

人生で、一体何個のショートケーキを食べてきたんだろう。

記憶の中で一番昔なのは、たぶん誕生日。次点でクリスマス。「お誕生日、どんなケーキがいい？」って聞かれて、答えたのがショートケーキ。でも正直、子供にケーキの種類ってわからなくない？　少なくとも、私はわからなかった。だから選択肢は二つ。白くてイチゴが載ってるのか、チョコのか。

チョコも嫌いじゃなかったけど、上にもチョコなのはつまらなかった。それよりは、イチゴが載ってる方がいいかなって、それだけの理由。なのに。

「ゆかは本当にショートケーキが好きだね」

そんな風に言われて、なんとなくそう思い込んでしまった。自分まで。

で、それ以来お誕生日とかクリスマスみたいなホールを買うときは、いつもショートケーキ。お店やサイズは変わっても、必ずショートケーキ。

実際、嫌いじゃない。むしろ好き。でもそれが常に一番かと言われると、違うような。だってほら、小さい頃と違って今はいろんな種類のケーキを知ってるし。なのに。

「あ、デザートにショートケーキがあるよ」

テーブルの上のメニューを見ながら、言う。

ねえ、私、来月で二十歳だよ。

ねえ、お父さん。


お皿に載って、運ばれてくるショートケーキ。本当はパスタの後にケーキなんて、糖質摂りすぎだと思う。でも、食べないっていう選択肢はない。

　ごく普通のカフェっぽいレストラン。お皿にはジャムで模様が描いてあったりして、軽くおしゃれだ。

「うわ、可愛い」

　なんて言いながら写真を撮ってみたりする。そこまで映えないし、このくらいの可愛さでスマホの容量を消費するのはもったいないんだけど。まあ、儀式的なものとして。

「こっちも撮る?」

　手をつける前にお皿を寄せてくれるのは、いいと思う。でもそのケーキは大体チーズケーキかティラミスに決まっているから、画的《え》に地味。儀式的に撮るけど、夜には削除してしまう。ごめん。

　フォークを持って、生クリームをひとすくい。うん、ここのはさっぱりめでおいしい。断面を見ると、二枚のスポンジでイチゴをサンドしている。よくある薄切りじゃなくて、粒がまるごと入ってるのが贅沢だ。

でも粒系は、映えるんだけど食べにくいんだよね。

フォークでイチゴを切ろうとすると、周りを巻き込んでぐしゃりと崩れる。綺麗に食べようと思ったら粒を丸ごと食べるのが正解なんだけど、これ、結構大きいし。しようがないから、イチゴごとケーキを押し潰して切る。赤い汁が滲《にじ》む。親切そうな不親切。見た目のために殺された何か。

それとも何？　これが美味しくて食べやすい最適解だって本気で思ってる？

「おいしい？」

うなずく。味はおいしい。

「こっちもなかなか。でも、こないだの店の方がおいしかったかな」

先月行ったのは有名パティスリーのイートイン。スライスされたイチゴが三層になっていて、すごく丁寧な作りだった。

「うん、おいしかったね」

私たちは都内のケーキをかなりの数食べている。とはいえ私はショートケーキ専門なんだけど。

いつまでなんだろう？
そんなことを思いながら、フォークを動かす。潰れたイチゴ。

お父さんとお母さんが別々に住むことになったのは、私が小学校四年生くらいの頃。あ、だとすると今からちょうど十年前か。

ものすごい喧嘩とか暴力とかがあったわけじゃないから、私は両親の不和にまったく気がつかなかった。たぶん、うまく隠してくれてたんだと思う。だから私にとってこの件は、悲しい出来事ではあってもトラウマみたいにはなっていない、はず。

ただ、両親それぞれから「ごめんね」と謝られたのはちょっときつかった。だって謝られたら、許すしかない。その場で怒ったり泣いたりしたらもうちょっとスッキリできたような気もする。けど、十歳の私は平静を装って「いいよ」とか言ってしまった。私だってもう大人なんだし、全然平気。そんな顔をして。

ちょうど学校ではクラスが女子と男子に分かれつつあるときで、私も「男子ってバカ！」とか思ってた頃。だからより一層、お父さんに対して冷めた目線を持っていた。

とはいえ後になってみれば原因はお父さんの浮気だったんだから、それで良かったのかもしれない。

そういうわけで二人ともが私に「ごめんね」と頭を下げた。家族を続けられなくて、ごめんねと。

その事実は、別にどうとも思わなかった。理由はそれぞれだけど、クラスにはおじいちゃんやおばあちゃんと暮らしている子や、お父さんと二人暮らしの子もいたから。でもお母さんとの二人暮らしが始まってみると、なにかがやっぱり変わってた。変わってることなんて当然だし、これは単なる事実なんだと自分に言い聞かせたけど、変わった部分は私を地味に落ち込ませた。

たとえば近所の人に「最近、お父さんお見かけしないわね」と言われたとき。学校公開のときのお母さんの笑顔。「私は味方だからね」と親戚のおばさんに言われたとき。

ぜんぶ、別になんていうことはない。悪意もない。

でも、なにかがぐしゃりと潰れた。

そんな私を救ったのは、こいちゃんだ。

高校で知り合ったこいちゃんは、私と家庭環境が同じだった。小学生の頃に親が離婚していて、お母さんと二人暮らし。お母さんが会社員というところも同じな上、離婚の原因がお父さんの浮気ってとこまで一緒だったから、まあ話が合った。

とはいえ、お父さんの性格までは一緒じゃなかったんだけど。

「ゆかのとこはさ、ひどくもウザくもないってだけで、父親的には希少種な気がするけど」

こいちゃんのお父さんは、仕事が季節的に波のあるものらしく、一緒に暮らしていた頃は家にいる時間が多かったらしい。

「だからもう、ウザくてウザくて。虐待とかじゃないけど言葉は乱暴だし、子供は邪魔者扱いでマジでつらかった」

だからこいちゃんは面会に行きたくない。なのにお父さんは離婚となったとたん後悔したらしく、面会を望んだ。お母さんはこいちゃんの意思を尊重する。そこで折衷案として出たのが、三ヶ月に一回昼間に会うこと。ちなみに私は月に一回、同じく昼間。

「あーもー、来週だよー」

別々に住み始めてからのお父さんは、言葉もひどくなくなり、態度も普通らしい。

でもこいちゃんは、それも含めて嫌なのだと言った。

「もーさあ、悪かったな、みたいな雰囲気出されてもさあ、こっちはどうしようもないじゃん。別に責めてないから謝る必要もないし。子供はお前だけだから、とか言われたら逆に『介護とかしないから！』って思っちゃうし。んもー」

もーもー言いながら机に頬をぺたりとつけるこいちゃんの頭を、私は何度撫でただろう。そして何度撫で返してもらったことだろう。

私はといえば、お父さんの夢小説みたいなところが嫌になってきていた。

「ゆかに会えて嬉しいなあ」とか「ゆかと会うのが毎月一番の楽しみだよ」とか言われるのが、心の底からきつかったのだ。

もちろん、別居してすぐの頃はそう言ってもらえて嬉しかった。嘘かもと思いつつも、救いになった。子供だったし。でも、高校生になった頃には「なんだかなあ」としか思えなくなってきたのだ。だって「普通」の家族だって、この年齢になったらそんなこと言わなくない？　義務教育が終わって、家を出る子だっている年齢だよ？

あるとき、お父さんのスマホの画面に出ていたカレンダーを見たとき、私は決定的にそれがダメになった。『娘とデート』だって。うわあ。何それ。ひくわ。

みんな、それなりに色々ある。アニメの中のような仲良し家族や、雑誌に出てくるようなさわやか家族が大多数ではないこと。それを私たちはわりと早めに知ってしまった。そしてそれを知ってしまってなお、どこかで「普通」を求める自分たちに、うんざりしていたりもした。

そんな私たちは、あるとき秘密の会を結成した。

きっかけは、こいちゃんのこのひと言。

「ひとり親家庭って言ってもさ、兄弟いたりする人はなんか違うよね」

すごくわかる。私は激しくうなずいた。なぜなら、こいちゃんも私も一人っ子だったから。

「一人減ってもまだ三人とかって、うらやましい。ボードゲームもトランプもできるもん」

私の言葉に、今度はこいちゃんがうんうんうなずく。

「わかるう。二人だと、ババ抜きすらできないもんね」

そこでふと私は、お誕生日のケーキを思い出した。

「あと、ホールケーキ。あれ、買えなくない？」

するとこいちゃんは、カッと目を見開いた。

「そうだ！　ホールケーキ！　だよ！　買えないよ！」

「だよね！」

私たちは、手を取り合って激しくうなずきあった。

経済的に買えないわけじゃない。ただ、半分残す前提で生っぽいケーキを買うことがためらわれるのだ。二人用とかの小さいケーキもあるけど、それを買うのはなんだか悔しいし、かといって大きいのを買って残すと翌日おいしくないし。ついでにお母さんは一気に二人分食べるのはよしなさいって言うし、なにより、なんか冷蔵庫の中が見ててきついし。

「……三人だったときにも食べ残しはあったはずなのに、なんでこんな気持ちになるんだろうね？」

こいちゃんのつぶやきを聞いて、なぜか私はそのとき猛烈に腹が立った。

お父さんが出て行って以来、お母さんは大きなホールのショートケーキを買わない。なのに月一で会うたび、お父さんはショートケーキを勧めてくる。馬鹿の一つ覚えみたいに。ゆかはこれが好きなんだろうって。最初っから切れてるやつを。

馬鹿じゃん馬鹿じゃん馬鹿じゃん。どいつもこいつもなんもわかってない。

キレてないのが、いいんだよ。

キレたの出されたって、意味がないんだよ。

中心がごっそりくぼんだ私たちの気持ち。

キレてませんよ。キレてませんから！


ねえ。私たちをこんな気持ちにさせているのは、誰？　というか、なに？

「こいちゃん、ホールケーキ買いに行こうよ」

勢いよく立ち上がった私を、こいちゃんはつかの間ぽかんと見上げていた。けれどすぐに我に返ったのか、力強くうなずく。

「いいね。行こ行こ！」

とにかく丸くてそこそこ大きいやつ。そう考えて制服のままケーキ屋さんに行ったら、値段で撃沈した。しょうがないのでスーパーに行ってみると、丸くてカレー皿サイズのチョコタルトが千円ちょっとで売ってた。飾り気のない、見た目的にもお皿に近いケーキ。でも、ちゃんとホールだった。

こいちゃんと私はお金を出し合ってそれを買い、近くの公園で食べることにした。フォークもお皿もなかったので、手づかみで。

薄いタルトを両手で持って割るときは、「めりっ」とした触感だった。たぶん、少し湿っていたんだと思う。私が差し出した半円形のそれを、こいちゃんは受け取って言った。

「乾杯」

軽く、端をぶつけ合う。そして、モリモリ食べた。

タルト台はあまじょっぱくて、上のチョコムースはがつんと甘かった。安いなりにおいしかったから、無理なく食べきることができた。

「あまうま！」

「わんぱくだねえ」

そんなことを言いながら、二人でホールをなくしてやった。笑った。

ちょっと、すっとした。

以来、家庭環境でやりきれないことが起こるたび、私たちは『失われたホールケーキの会』を発動させている。命名者はこいちゃん。『失われたケーキ』は『失われた時』に音と意味をかけているらしい。なかなかに文学的な気がする。

そんなこいちゃんがつい先週、学食のテーブルに肘をついてどんよりとした顔で言った。

「面会、終わりになるかも」

「え？」

私たちは同じ大学に進み、学部は違っても仲が良いのは変わらず、しょっちゅうお昼を一緒に食べている。

「どういうこと？」

もしかしてお父さんが再婚するとか、あるいはもうすでに相手に子供がいるとか。

そんなことを考えていたら、こいちゃんはぼそりとつぶやく。

「私さ、先月誕生日だったじゃん」

「だよね」

お祝いしたから、覚えてる。

「でさ、二十歳になったじゃん」

うんうん。

「調べたらさ、養育費って二十歳まででいいらしい」

「えっ⁉」

検索してみて、と言われてスマホを出す。ホントだ。基本は成人する二十歳で、早い場合は高校を出て働きはじめるタイミング。

「要するに、社会人として認められる年齢ってことだよね」

こいちゃんはどんよりとした表情のまま、A定食の唐揚げをぱくりと頰張る。

「あ、でも遅い場合は大学を出て就職するタイミング、って書いてあるよ。大学生は『学生』だから、ってことなんだろうけど」

「だよね。だからもちょっと先だと思ってたんだけどさ……」

もごもごと唐揚げを噛《か》みながら、こいちゃんは自分のスマホを取り出す。

「これ、どう思う？」

見せられたのは、ＬＩＮＥの画面。お父さんとのやりとりが表示されている。

「『大切な話がある』――？」

それに対してこいちゃんは『再婚？』とか『まさか妹できた？』とか冗談みたいに探りを入れていた。けど、お父さんはそのどちらにも『違うよ』と返している。

「もうさあ、これ本人が重病とか犯罪を犯したんじゃなければ、養育費の終わり――っていうか、面会の終わりなんじゃないかなあ」

「うん――」

確かに。だって重病はともかく犯罪系なら、こいちゃんより前にお母さんが知らされているはず。

「病気もさ、ないと思うんだよねえ。来年の仕事の話とかしてたし」

「それはなんか、なんかだね」

「でしょー⁉」

「あーもう。なんかやだもう」

また牛になるこいちゃんを、私はよしよしと撫でた。そのとき、テーブルに置いた私のスマホが軽い音を立てる。

「あれ」

画面を開くと、すごいタイミングでお父さんからのメールが届いていた。まさか？

「ゆか？」

スマホを見つめたまま固まった私に、こいちゃんがそっと手を伸ばしてくる。こいちゃんは全体的に楽しくて雑なタイプだけど、こういうときはすごく細やかになる。

「こいちゃん」

顔を上げた私の表情を見て、こいちゃんは察したようだ。

「ゆか、誕生日今月だったよね」

「うん」

そして届いたのは、こいちゃんのとそっくりな文面。

『今週末会う時に、ちょっと伝えたいことがあります』

しかも待ち合わせ場所がいつものような気軽なレストランじゃなくて、ホテルのティールームになってる。

「今週末って、ゆか、私もだよ」

画面を見たこいちゃんが、静かにつぶやく。

「三ヶ月おきの週末と被ったね」

「うん」

いかにも「特別です」感のある場所。最後だから、贅沢にしてあげようって感じなのかな。

「……コージー行く?」

こいちゃんが私を見た。コージーとは、ケーキ屋さんのコージーコーナーのこと。『失われたホールケーキの会』は、大学生になってからはアルバイトで得たお金があるので、スーパーからちょっとグレードアップしてコージーコーナーのホールケーキを食べがちだ。でも。

こいちゃんの言葉に、私は首を横に振る。

「これが終わってからがいいな」

「——だね」

こんなことに、ショックを受けたくない。もういいかげん、私たちは慣れたはずなのに。もう子供じゃないっていいながら、養育される日々が終わることを怖がるなんて。


日曜日。ちょっとお洒落した私を、お母さんは普通に送り出してくれた。それはこいちゃんも同じみたいで、とりあえずひどい話ではないだろうと互いにＬＩＮＥで励まし合う。

『こっちはホテルじゃないけど、高級焼肉店の個室だよ。こわいって』

うわ。あっちも「特別感」満載だ。私は自分に言い聞かせるように、こいちゃんにメッセージを送る。

『とりあえず、何があってもおいしいものはちゃんとおいしく食べよう！』

するとこいちゃんから、力こぶを作った牛のスタンプが送られてきた。

『だね。食べ物に罪はない！』

うん。罪はない。だから切り分けなきゃ。感情と味を。

ホテルにつくと、思っていたより高級そうでびっくりした。ワンピースを着てきてよかった。ホテル自体はお母さんとの旅行やアフタヌーンティーとかで来たことはあったけど、ビュッフェ形式になっていないお店に入るのは初めてかもしれない。そして席について、メニューを開くと、再びびっくり。カレーやパスタが単品で二千円って。すごく。すごく今この瞬間、こいちゃんにLINEを送りたい。このメニューを写真に撮りたい。でもできなくて、私は心の中で地団駄を踏む。

だって普段は、千円台のランチにケーキをつけて千五百円から二千円が相場だった。でもここで同じようにパスタとサラダとドリンクとケーキを頼んだら、四千円から五千円になってしまう。

（高すぎでしょ）

でもテーブルには真っ白なクロスがぴしりとかかってるし、ウエイトレスさんもウエイターさんも背筋がピンと伸びてる。お水のグラスにまでコースターを敷いてくれて、さりげなく季節のお花まで飾ってあったりして。――つまり、ぼったくりとかそういう問題じゃなくて。

そんなお店で何を頼んだらいいのかわからず、私は固まった。今はランチタイムだけど、お茶とケーキだけにするとか？　それならなんとか。

「ゆか、ハンバーグがあるぞ」

「えっ⁉」

そう言われてメニューを見ると『特選・神戸牛フェア』と書かれた部分にハンバーグやビーフシチュー、ハッシュドビーフなんかが書いてある。ちなみに値段は、一品だけで二千五百円。パンでもつけたら三千円だ。

「でも――」

「遠慮しなくていいから。今日は特別なんだし」

「え？」

思わずもれた声は聞こえなかったらしく、お父さんは「シチュー、いややっぱりここはお揃いでハンバーグかな？」とメニューを見ている。

やっぱり、最後の晩餐。じゃなくて最後のランチなのかな。

私はぼんやりと、目の前のお父さんを見つめる。スーツ姿で細くも太くもない、普通の体型。背も普通。顔もたぶん、普通。少なくとも不快な感じじゃないから、イケメンじゃないけど好感は持てる、みたいな。

ちょっと憎いような気もするけど、どうでもいいような気もする。でもたまにこんな感情で私の気持ちを荒れさせるから、そういう意味ではマイナスが勝ってるかも。

忘れないでおこう、なんて考えるのはおかしいのかな。でもよく見ておかないと、次に会ったときにわからなかったら嫌だな、とか思ったりもする。だって次は、数年後とかかもしれないわけでしょ？

ねえ、ハンバーグが好きだったのは、やっぱり子供の時だよ。お父さん。

ものすごくおいしそうなハンバーグ、いやハンバーグ「ステーキ」と呼びたいようなものが目の前に出される。ウエイトレスさんがドミグラスソースとトマトソースの器をテーブルの真ん中に置いて、「お好きなだけおかけ下さい。足りなくなったら、また持ってまいります」と微笑んだ。

「おお、贅沢な感じだな」

さあ食べよう、とお父さんがソースの器をこちらに寄せてくれる。陶器の器を手に取ると、かなり熱い。器も温めてあるなんて、やっぱり高級なお店はやることが違う。

おいしいものは、ちゃんと味わおう。

こいちゃんとの約束を思い出しながら、私はハンバーグを口に運ぶ。すごい。口に入れる前に、いい匂いでご飯が食べられそう。なのに。

あんまり、うまく味わえなかった。

だってお父さんが、やけに私の子供の頃の話をするから。

「ゆかは立つのが早くて、びっくりしたんだよ」とか「最初のお友達は、ぬいぐるみのクマだったなあ」とか。

まるで、別れを惜しむみたいに。

こいちゃん、ごめん。私は約束を守れなかった。

それでもお皿の上は空になって、お父さんはいつもの「デザートも食べようか？」を口にする。

「ゆか、見てごらん。ここのショートケーキは『スペシャル』らしいぞ」

デザートメニューを差し出されて、ぼんやりと受け取る。するとそこには『春のスペシャル・あまおうフェア』と書かれていた。

そっか。今ってイチゴの季節なんだ。適当にうなずくと、お父さんはそれを二つ注文する。

ああ、これを食べさせようと思ってここのお店を選んだのか。最後に、スペシャルなやつを食べさせてあげようって。

ああ、嫌だ。なんか喉が詰まる。胃には余裕があるけど、気持ちに余裕がない。

いつ来るの？　いつ言われるの？　どんな顔をしてうなずけばいいの？

「どうぞごゆっくりお過ごしください」

ケーキのお皿を置いてくれたお姉さんに、私は会釈する。ごめんなさい。ごゆっくりは難しいかも。

私はゲームの中の凶器を持つように、フォークを振り上げる。下ろす。ざす。かちん。お皿にフォークが当たった音が、ちょっとだけ響いた。

その音に、お父さんが顔を上げる。

「ゆか？」

私はそれには答えず、ケーキを崩す。ざす。ざすざす。掘削作業って言うんだっけ。ショベルカーみたいな感じで、機械的に崩す。そして食べない。

食べたら、なくなるから。

「――ゆか？」

不安そうな表情で、お父さんがこっちを見る。ざすざす。綺麗なケーキが、どんどん崩れていく。イチゴも潰れて、赤い汁が滲み出す。鼻の奥がツンとする。やだ。こういうの、外でなんてすごく嫌なのに。

「ゆか、どうしたんだ。大丈夫か？」

お父さんが身を乗り出す。

「大丈夫」

小さな声で、なんとか返事をする。でも手はまだ止まらない。

「ゆか」

もう知らない。もうぜんぶ知らない。お父さんもお母さんもぜんぶぜんぶどうでもいい。すごい悲劇なわけじゃないのに、死ぬわけでもないのに、世の中にはもっとどうしようもない状況の人もいるのに、止まらないこの感情を抱えた私は、どうしようもないほど弱くて。

助けて。

助けて、こいちゃん。

助けて、ホールのケーキ。


「ゆか！」

いつの間にか、お父さんが私の横に立っていた。

「何があったんだ」

何も。

「つらいなら、お父さんに言うといい。どんなことでもいい」

言う？　この、どうしようもない、ぐちゃぐちゃな気持ちを？　自分ですらわからない衝動を？　たまにしか会わない、あなたに？

月一回の連絡が来るたびに、ほっとしたような面倒なような気持ちになって。お母さんはプラスでもマイナスでもないように均衡を保とうとしているのがわかって。会うたびに嫌いになっていないか、嫌われていないかをなんとなく測って。

小さい私じゃないと愛されない？　従順な私じゃないと会いたいと思われない？　そんなことを思ってしまう卑屈さが嫌で。

大人になりたくて。もうこんな感情に振り回されたくなくて。ショートケーキが切れてるのなんかいらなくて。もう。もう、牛になっちゃうから。

助けて。

そっと、肩に手を置かれたのがわかった。見上げると、心配そうな顔をしてお父さんが私を見ている。

「触ってごめん」

そこ、気にするんだ？　確かに最後に触ったのって、だいぶ前だけど。

「これは——お父さんのせいかな」

首を横に振る。きっかけの一つだけど、それだけじゃないから。

「なら、力になりたいよ」

ありがとう？　って言うべきなのかな。

「——その、ゆかが嫌じゃなきゃなんだけど。たとえば法律的に悪いことでも、社会的に許されないことでも、お父さんは絶対にゆかを責めないから。ゆかの味方でいつづけるから」

お金の問題なら、一生かかってでもお父さんが払うから。そう言いながら、うっすら涙ぐむ。

「はあっ⁉」

心の声が、外に出てしまった。私は思わず、口を手で押さえる。

いやだって、法律的にって、お金って。もしかしてあれ？　私がスマホゲームの課金とかでお母さんに言えない借金作ったとか思ってる？　社会的には、何？　出会い系アプリとかそういう方向？　ありえないし。

引くわ。

引いたおかげで、ちょっと冷静になった。

「あのさあ」

「あ、うん」

いつもより乱暴な口調の私に、お父さんはちょっと驚いている。

「ちょっと嫌なことがあったんだ」

「ああ、そうなんだ」

甘くて柔らかくてぐちゃぐちゃで、もうどうしようもなく潰れきったケーキ。私はお皿を見下ろしながらつぶやく。

「ケーキが」

「うん？　ケーキがどうした？」

「切れてたから、キレちゃった」

ごめんね。そう告げると、お父さんは首を傾《かし》げながらもほっとしたように笑った。

潰れたケーキは、お皿の形のままに広がって——つまり、丸型の何かになっている。

新しいのを注文しようという提案を断って、私はそれをすくって食べる。ぐちゃぐちゃでも、不思議とショートケーキの味がする。

と、お父さんが細長い封筒のようなものをテーブルの上に置いた。

「ゆか、これ」

親子だけど、手切れ金的なもの？　首をかしげると「開けてみて」とうながされる。

それを手に取ると、お金じゃないことがわかる。封筒の中から細長い箱が出てきて、それを開けると――いや、開ける前にわかった。腕時計だ。

どうせ、女の子はこういうのが好きでしょってピンク。そう思いながら開けると、出てきたのは意外にも落ち着いたシルバーグレーがメインのデザインだった。

「ゆか、成人おめでとう」

「え」

まさかこの「特別感」って。ホテルのランチって。子供の頃の思い出語りって。

「就活にも使えると思ってこれにしたんだけど、地味だったかな」

文字盤だけ、桜の花のように薄いピンク。私はそれを見つめながら、再びどうしようもない感情が高まってくるのを感じた。

そこには、ホールの形にイチゴのように並んだ文字があったから。

ホテルを出て、お父さんと駅まで歩いた。

「ゆか」

「なに？」

「本当に、心配事はない？」

「ないよ」

今のところはね。とつけ加えると、お父さんは苦笑いをする。

「なんか、遅れてきた反抗期みたいだなあ」

かもね。私もちょっとだけ笑った。


とはいえ、現実はこんないい場面だけじゃ終わらない。ていうか終われない。

私はお父さんと反対方向のホームに立ち、電車に乗って窓越しに手を振る。そして姿が見えなくなったとたん、スマホを光の速さで取り出す。するとそこには、こいちゃんから送られた山のようなメッセージが並んでいる。

『焼肉屋のトイレなんだけど！　いきなり特上頼み出してヤバいんだけど！』

『なんでも頼め、って何⁉　養育費以前に、どっかに売られんじゃない？　マグロ漁船⁉』

　こいちゃん、さすがにそれはないんじゃないかな。私は笑いをこらえながら、LINEの続きを追う。

『うわー、特上二周目。デザートも好きなだけだってよ。ないわー』

　言葉は、そこで途切れている。たぶん、こいちゃんも佳境なんだろう。

　がんばれ。そう思いながら、私は返信を打ち込む。

『こっちは終わったよ。継続だった』

　あっちの展開がわからないから、事実だけ伝えることにした。そして、いつも二人で立ち寄る駅のショッピングセンターに行っていると書き添えた。

　電車のドアに寄りかかって、スマホを持った手首を見る。変な気持ち。

　こいちゃん。こいちゃんもどうか、継続でありますように。

　その願いが通じたのか、駅に着く頃に『こっちも同じだったー‼』というメッセージが届いた。

　三十分後、ショッピングセンターの中の雑貨屋さんをのぞいているところに、こいちゃんがやってきた。そして開口一番、私を指差して「キレイめワンピ！」と叫ぶ。

「そっちだって、キレイめセットアップじゃん」

上のカットソーとお揃いで、ワンピースっぽく見えるワイドパンツの組み合わせ。それに紺のカーディガンを羽織ったこいちゃんは、いつもよりちょっとだけ大人っぽく見えた。

「でもほら、焼肉だから座れるようにパンツだし」

そう言って股のあたりの布をびろーんと広げて、こいちゃんは笑う。その笑顔を見て、ものすごくほっとする。

「こいちゃん、うちは成人のお祝いを渡す会だったんだけど」

「あ、やっぱり？　うちもそうだった」

私が手首を差し出すと、こいちゃんは自分の首元を指差す。小粒パールのシンプルな一連ネックレス。

「冠婚葬祭、オールオッケーなやつ」

「こっちは就活オッケーなやつだって」

顔を見合わせて、くくくと笑う。

「なんだそれ」

「なんだそれ」

互いの父親セレクトが「あるある」すぎて、笑いが止まらない。

「人生の節目にね、こう」

「長く使える、トレンドに左右されない、あれね」

笑いながら、掛け合い漫才のように言葉を投げ合う。

「で、お腹に余裕は？」

私の言葉に、こいちゃんはにやりと笑った。

「特上、二周しちゃったけど、いける」

「私も、いける」

胸焼け、どんと来いやあ。そう言いながら、地下食品街へと続くエスカレーターに乗り込む。目指すは心地よい場所。我らの味方、コージーコーナーだ。

「イチゴ？　チョコ？　ショート？」

エスカレーターで立ったまま、呪文のようにこいちゃんが囁《ささや》く。

「イチゴ――いや、ここはあえてのショートで」

コージーコーナーには、ホールのショートケーキが二種類ある。一つはイチゴを中にもサンドした『苺サンドデコレーション』で、もう一つは上はイチゴだけど、中は黄桃と白桃の『ショートデコレーション』。で、当然『ショート』の方がちょっと安い。でもこっちを選んだのは、値段だけじゃない。

通路を歩き、いつものお店の前に着く。

「『失われたホールケーキの会』的には、5号がほしいところだけど——やっぱり4号かな」

ショーケースを見つめてこいちゃんが言った。ちなみに「号」はケーキのサイズのことで、4号は小ぶりなホールで、5号は大人数向けといった感じ。

「じゃあ、『ショートデコレーション』の4号を一つ、お願いします」

私の注文に店員さんがうなずき、ショーケースを開ける。可愛らしいケーキが、そっと取り出される。

「こちらでよろしいでしょうか」

紙箱の中を見て、私たちはにっこりとうなずく。すると店員さんが、ふと動きを止めて言った。

「フォークは、おつけしますか」

「え？」

つかの間、言葉を失った私たちを店員さんは見つめていた。そして、どちらからも返事がなかったので「入れておきますね」とだけ言ってレジに向かう。

「――ゆか、私たち覚えられてるんじゃない？」

「うん。なんかそんな気がする」

ここのお店で、私たちは折に触れホールケーキを買っている。駅ビルの地下はカットケーキやシュークリームの方が売れ線だろうから、私たちは目立ってしまったのかもしれない。

「どうせ二人で一個食っちゃうんだろ？　って思われてそう」

「まあでも、本当のことだし」

しょうがないか。二人でくすくす笑いあっていると、店員さんが戻ってきた。

「お待たせしました」

よく見ると店員さんは案外若い人で、なんなら私たちと歳が近い感じがする。そのことに気づいた途端、こいちゃんと私はちょっと恥ずかしくなった。けれど店員さんは表情を崩さず、「お待たせしました」と紙箱の入ったビニール袋を差し出す。

私たちはそれを受け取り、ぺこりと会釈してからそそくさとその場を離れた。

そして今度はエレベーターに乗り、最上階へ。

チンという音と共に扉が開くと、さわやかな風が吹き込んでくる。屋上庭園だ。

こいちゃんと私は、迷わずにお気に入りの場所へと向かう。それはベンチじゃなくて、パラソルつきのテーブル席。スーパーのタルトは手でいけたけど、生クリームのデコレーションはさすがに置き場所が必要だから。

「さて」

「やりますか」

ビニール袋からケーキの箱を取り出そうとして、私はある物に気づく。

「こいちゃん」

「ん?」

「これ」

そこにあったのは、小サイズのビニール袋に包まれた紙皿。開けてみると、フォークと紙ナプキンまで入っている。

「うわ。本当にバレてたんだ」

でも、優しいね。こいちゃんの言葉に私はうなずく。そしてこいちゃんに紙皿を渡そうとしたところで、テーブルの上に何かがぽとりと落ちた。

「ゆか、これ」

こいちゃんがつまみ上げたのは、バースデーケーキ用のキャンドルが一つ。しかもなぜか数字の『0』だった。

「私たち、0歳？」

「生まれたて〜？」

笑いながら、なんとなく中心に立ててみる。するとこいちゃんが「ああ」とつぶやく。

「これも、ホールだね」

円形のケーキに、円形の数字。

「穴空いてるけど」

私の言葉に、こいちゃんはふと顔を上げる。

「そういえば、ホールって『穴』って意味もあるよね」

「『穴』の空いた、ケーキ……」

その言葉が、なんだかすこんと私の気持ちにハマった。真ん中がない。それってすごく、すごく何かが近い。

「火は、つけられないけど」

とりあえず乾杯。こいちゃんはそう言ってフォークを持ち上げる。私も負けじとフォークを取り上げ、ケーキを崩す。口に運ぶ。あっさりしていて、おいしい。お腹がいっぱいでも、この味なら食べることができる。

高級なホテルのケーキはもちろんおいしいけど、コージーのおいしさは日常のおいしさだ。食べ飽きない、普通の美味しさ。

「このケーキって、なんか懐かしいんだよね」

私がつぶやくと、こいちゃんが「ちょっと家っぽいからかも」と言った。そうか、桃の缶詰だ。

ケーキの間に挟まれた黄桃と白桃の、特に黄桃の方。これって自分じゃ買わないけど、家で作るお菓子とか給食のフルーツポンチとかには必ず入っている気がする。

「うちはこれ、風邪のときに食べてたかも」

こいちゃんの声が、ちょっとだけ震えていた。私は顔を上げないようにしながら、「うちは寒天とかかなあ」と答える。

「なつかしおいしい、ってジャンルありそうじゃない？」

こいちゃんの声は、もっと震えてきて、ついに嗚咽《おえつ》が漏れ始めた。

「やだなあ、もう。ほんとやだ。こんなの――」

すごくわかる。懐かしい味は、当時の記憶を呼び覚ます。たとえばお父さんが出て行ってから、どれだけお母さんが頑張ってくれたか。一人の時間をどう過ごしたか。ただ、お父さんがいたって、お母さんが風邪のときに家にいてくれたとは限らない。

関係が悪化していたら、そもそも看病されるような状況ですらなかったかもしれない。かもしれない。かもしれない。無数の「かもしれない」を積み上げながら、私たちは生きている。

そこで私は顔を上げて、こいちゃんの背中をとんとん叩く。そうだった。今回、養育費の期限を知って先に不安になっていたのはこいちゃんだったよね。

「大丈夫だよ」

うん、とこいちゃんが小さくうなずく。

「大丈夫じゃないかもだけど、大丈夫だよ」

とんとんしているうちに、こいちゃんが顔を上げた。

「ゆかさあ」

「なに」

「超テキトー」

へへへ、と笑ってみせる。そしてこいちゃんのフォークでケーキをすくって、口元に差し出した。

「食べる?」

「食べるけど、自分で食べるよ」

これじゃ結婚式みたいだし。言いながら、フォークを受け取ってぱくりと頬張る。

「そういえばさ」

「うん？」

「私、結婚にこれっぽっちも憧れがないんだけど」

そりゃそうだよ、と私は笑った。失敗例を目の当たりにして育ってきたんだし。

「でもさ、恋はしたい」

わかる。わかりすぎる。

「誰かを好きになって、好きになってもらいたい」

「ね」

私はケーキを大きくすくって口に運ぶ。甘くてぐしゅっとジューシーで、生クリームがまろやか。

「彼氏とか、できるといいなあ」

「できるといいなあ」

お腹はいっぱいだけど、なんか色々面倒だけど、空は晴れてるけど、とりあえずショートケーキはおいしい。

ふと見れば、こいちゃんの首にも円形で粒が連なったものが光っているのだった。

ショートケーキ。

Shortcake

Tsukasa Sakaki

うちの店には天使が来る。

別にファンタジーとか俺が恋愛脳とかそういうわけじゃなくて、コージーコーナーの先輩バイトの上田さんが、特定のお客さんのことをそう呼んでいるのだ。

それは、残りがちなホールケーキを予約もなしに買ってくれるお客。そういう人たちのことを、上田さんは年齢性別問わずみんな「天使」と呼ぶ。理由は、そういう人はありがたいし、しかも「ふっ」と現れるから。

「わかりますけど」

でもその呼び方はちょっと恥ずかしくないですか。俺の言葉に、上田さんは「じゃあ仏様にする?」と応えた。いやそれ死んじゃいそうだからやめましょうよ。

「じゃあ天使でいいじゃない。それにほら、神様や仏様だと一人って感じだけど、天使はいつでもどこでもたくさんいそうだし」

「……いつでもどこでもたくさん」

天使の大安売り。ていうかそれ、逆にありがたみが薄れてるような気がするんだけど。

天使の中には常連もいる。それはちょっと珍しいので、俺も覚えている。

彼女たちは、一ヶ月から二ヶ月に一回、うちの店でショートデコレーションや苺サンドデコレーションを買う。定期的、というほどじゃなく「あ、久しぶりに来た」くらいの頻度で。しかも来るのが大抵週末なので、俺のバイト日と被っていて覚えてしまった。

ホールのケーキはチョコレートやタルトもあるのにそれを選ばないところを見ると、いわゆる「ショートケーキ」が好きなんだろうなと思う。ちなみに「苺」の頻度が低いのは、金額的な問題かもしれない。

ホールのケーキにこだわっているのがわかったのは、以前二人がショーケースの前で囁き合っていたからだ。

「ゆか、これ見て」

先に喋ったのは、元気そうな方の女の子。

「大きいのに、めっちゃ安いよ。こういうのもあったんだね」

彼女が指差していたのは、「カジュアルデコレーション」というシリーズ。大きなケーキを気軽に食べられるように値段を抑えた商品で、シンプルなスフレは五百円から六百円程度、飾りがついたクリームシフォンでも千円ちょっとという安さだ。特にシフォンは上のデコレーションが、いかにも「ケーキです！」といった見た目をしている。

しかし、ゆかと呼ばれた女の子は表情をくもらせた。

「でもこいちゃん、これ、丸くないよ……」

確かに「デコレーション」と名はつくものの、スフレは楕円形だしクリームシフォンは長方形だ。こいちゃんと呼ばれた女の子は、ふうっと小さく息を吐いてからうなずいた。

「そうだね、ごめん。ここ、妥協するべきとこじゃなかった」

意志の強そうな顔だった。

「ありがと。それでこそ『失われたホールケーキの会』の名付け親だよ」

ゆかと呼ばれた女の子が、ぐっと片手の親指を立てる。

（『失われたホールケーキの会』……？）

なんだそれ。大学のサークルとかそういうのか。俺は心の中で首を傾げた。でも、ここに来るのはいつもこの二人だけなんだけど。

そして彼女たちはいつものようにショートデコレーションを買い、俺は頭を下げた。

ありがとう、天使（複数）。あなたたちのおかげで、今日のロスは回避されました。

ロスというのは、売れ残りの廃棄処分のことだ。店側はそれをできるだけ出さないために、どれくらい売れるかを考えて発注をかけるわけだけど、どうしてもいくつかは残ってしまう。中でも顕著なのは、ホールケーキだ。

バイトを始めてすぐの頃、俺は上田さんに「どうして少なめに発注して、売り切れにしないんですか」とたずねた。ホールケーキに至っては、そうそう売れるものでもないし、なくてもいいくらいなんじゃないかと。

すると上田さんは笑って答えた。

「なんかね、駅ビルで『売り切れ』はやりたくないんだよねえ」

「どういうことですか」

「いろんなことに疲れて、家の近くの駅までようやく帰ってきて、甘いものでも食べなきゃやってらんないってときにさ、『売り切れ』ってなってたら、絶望しそうだから」

絶望とは、大げさな。けれどその認識はすぐにひっくり返されることになる。

俺は大学があるから基本的に週末メインで入っているけど、たまにヘルプで平日の夜に入ることがある。するとそこには、上田さんの言った通りの人々がいた。

目の下にクマを作った会社員風の男性が前のめりでジャンボシュークリームを買い、飲み会帰りっぽい女性がプリンをふらふらとまとめ買いする。かと思えば現場帰りっぽい作業服の男性がため息をつきながらでかいスフレケーキを買っていく。みんな、一人だ。

「家族のお土産に買って帰ろう!」みたいな楽しい感じはほとんどなく、どこか切羽詰まったような表情を浮かべている人が多い。そういう人は、よろよろと通路を歩いてきて、ショーケースの前ではっと足を止める。まるで、そこに救命ボートを見つけた遭難者みたいに。

「今はコンビニにもおいしいスイーツはたくさんあるよね。でもさ、コンビニに寄る気力もないとか、とにかくケーキ屋のケーキが食べたいとか、そういう日があると思うんだよ。それに個人経営のケーキ屋さんとか、夜は開いてないじゃない」

そんなものなのか。まあ、確かにコンビニにホールのケーキは売ってないけど。

「あとさ、このフロアには他にもケーキ屋さんはあるけど、ちょっと高いでしょ」

確かに。俺がうなずくと、上田さんは腕組みをする。

「そういうの、わーっと買って食べたいときは、なんか違うっていうか」

コンビニと高級パティスリーの中間。その位置付けだからこそ、求められるものがあるということらしい。

「うちのケーキってさ、なんかちょっとだけ日々の何かを救ってるような気がするんだよね」

上田さんの言いたいことは、なんとなくわかった。世の中には、つらいとき酒を飲むようにケーキを求める人々がいるのだろう。俺は酒もあまり飲まないし、ケーキにもさほど思い入れはないから、やっぱりどこか他人事《ひとごと》なんだけど。


でもその話の後、自分の身内にもそのタイプがいたことに気がついた。姉ちゃんだ。

俺と姉ちゃんは、けっこう歳が離れてる。だからあっちはずいぶん前に社会人になったんだけど、たまに甘いものをもりもり買ってくる日がある。ただ、経済的な問題でそれは菓子パンっぽいものが多いんだけど。

「いやもう、『まるごとバナナ』様々だよ！」

安いのにケーキっぽくて、あんたはえらい！　そう言いながら、あのぶっといオムレットみたいなやつを丸かじりする。そして春なら絶対『まるごと苺』。理由は、味が完全にショートケーキだから。

「でもバナナだって、バナナのショートケーキ味なんじゃねえの」

俺が首をかしげると、「わかってない」と低い声で言われた。

「どんな果物だってショートケーキになることなんか、わかってんの。でもやっぱイチゴでしょ。ケーキって言ったらイチゴショートに決まってんでしょうが」

そうかな。再度首をかしげると、姉ちゃんは「スマホ出しな」と言ってくる。

「メールでもＬＩＮＥでもなんでもいいから、絵文字出せるようにして『ケーキ』って打って」

命令通りにすると、なんとそこには第一候補にショートケーキが表示された。次点でカップケーキ。

「日本人にとって、ケーキといえばショートケーキ。そして世界の人の大部分に共通するのはカップケーキ。そういう選択がなされてるってわけよ」

そういうものなのか。俺は手の中の画面をぼんやりと見つめた。本当かどうかはわからないけど、妙に信憑性《しんぴょうせい》がある。

姉ちゃんは、いつも疲れている。そのせいで機嫌が悪かったり八つ当たりされたりすることも多い。でも、それに文句はない。だって姉ちゃんは、俺を助けてくれたから。

うちはそこそこ金のない家だ。両親は揃ってるし二人とも働いてるけど、給料が安いから生活はできても贅沢はできないレベル。保険にも入ってるらしいし、もしもの備えもしてるって言ってるけど、その「もしも」の出費で日常が圧迫されている。具体的に言うと温泉には行けても、全員で海外旅行は無理。サイゼリヤには行くけどロイヤルホストには行かない、みたいな。

そのせいかどうかはわからないが、姉ちゃんは進学しないで就職した。しかもその後、俺が進学か就職かで悩んだとき、入学金は払ってやるから安心して受けろと言ってくれた。「別に奨学金でいいよ」と言う俺に、姉ちゃんは「しないですむ苦労を、しょいこもうとするな。バカ」と言った。あのときの姉ちゃんは、ちょっとカッコよかった。ちなみにその後姉ちゃんは、同じセリフを両親から怒られつつ言われるのだが。

そんなわけで、俺は両親の「もしも」金で大学に進み、勉強がおろそかにならない程度にバイトをしている。ケーキ屋を選んだのは、単に家の最寄り駅で交通費がかからなかったから。まあ、あわよくば店員割引で買えるケーキを姉ちゃんにくれてやってもいいかなとは思ったけど。

でもバイトを始めてわかったのは、姉ちゃんが言った「日本人にとって、ケーキといえばショートケーキ」が本当らしいということ。なぜならショートケーキは、他のカットケーキに比べて売れ残ることがほとんどない。だから俺がバイトの割引で買って帰れるのは、もっぱら安めのチーズケーキかチョコレートケーキ。よくてモンブランだ。

そのキャンドルは、今年の初めから無料のサービス品としてレジ横のボックスに入っていた。誕生日用の数字型キャンドルの『0』。レジを打つたびに目に入るから、いつもなんとなく気になっていた。これ、どんなお客にあげたら喜ぶんだろう？

キャンドルはもともと『1』から『0』までが二個ずつでワンセットになっている。それをお客さんの希望に合わせて個別に売るわけだけど、どうしても端数というか残りが出てしまう。そして残ったまま半年から一年が経つと、それは廃棄扱いになる。食べ物じゃないから消費期限はないけど、なんとなく透明なケースがくすんでお祝い感が薄れるとか、そんな理由だと思う。

キャンドルの廃棄時期は、各店舗に任されている。回転の早い店は残らないかもしれないし、路面店で日光に当たって劣化しやすい店もあるだろうから、状態はまちまちなんだろう。一律に温度管理された冷蔵ケースの中のケーキのように、同じ扱いができないのだ。

ちなみにうちの店は駅と一体化したショッピングセンターの地下一階で太陽光は入

らないし、温度も一定だから比較的長持ちする方だと思う。とはいえ、さすがに一年が経過すると「そろそろ」が出てくる。なのでボックス行きになったわけだけど。なんだろうな、あの「そろそろ感」。

ほこりとか物理的に汚れてるわけじゃなく、でもなんか新品じゃないのがわかる。プラスチックのケースから出してしまえば、新品と判別できないような気もするんだけど。

なんとなく、存在がくすんでるっていうか。

なんだかな。そういうことって、あるよな。これだけじゃなく。


ところで、なんで『0』は残るんですかね。ふとつぶやくと、上田さんが笑った。

「それはあれでしょ。0歳のお祝いは、本人はケーキ食べれないから」

「ああ」

「あとは十歳か二十歳の二回しか使うチャンスがない」

「三十歳や四十歳の立場は――」

「それくらいの歳の人は、あんまりうちみたいなとこじゃ買わないんじゃない？　買うにしても、会社でお祝いとかそういうパターンでさ」

それはまあ、なんとなくわかる。いわゆる「オトナ」の人は、もっと高級でサイズの小さめなケーキを買ってそうな気がするから。

「あとはほら、『2021』みたいなのはあるけど、そういう頼み方する人はほとんどいないし」

「ですね」

俺はぽつんと残ったキャンドルを、見つめる。お前に、行き場はあるのかな。

ぼんやりと、家のことを思う。キャンドルじゃないけどうちは最近、この「そろそろ感」がすごい。

「そろそろ感」をよく感じるのは、両親があまりケーキを食べなくなったからだ。俺が子供の頃は安売りでもケーキを買って全員で食べていた気がするのに、最近はほとんど食べていない。俺が買って帰っても初回こそ喜んでくれたけど、あとは「あんたたちが食べなさい」。

「食が細くなったのよ。六十手前なんだから」

そうか、くすんだ雰囲気の原因はこれか。俺は両親から微妙に漂い出した老化の気配につらくなる。

少子高齢化問題。生まれた時から社会科の教科書に書いてあったワード。でもそれが、自分の家の問題となる日が来るとは。子供が二人なのはましな方だし、今はまだその手前の段階だけど、「そろそろ」が近づいてきているのは否定できないんじゃないだろうか。

俺が卒業して働き出せば家計はマシになるだろう。けど、もし両親のどちらかが体を壊したら？　定年が早まったら？　現状、姉ちゃんの方が稼いでいるんだし俺が介護するとか？

（生活って、簡単に詰むんだろうな）

子供の頃は気がつかなかったあれこれに、最近は気がついてしまう。そのことをぽつりともらすと、姉ちゃんは「あー」とうなずく。

「ようやく気づいたか。――うちはさ、家族としての青春が終わったんだよ」

「なんだそれ」

家族に青春って、意味がわからない。

「正直私はさ、あんたが高校入ったあたりから感じてた」

高齢出産で産まれた、年の離れた弟。幼稚園、小学校と可愛い時期が終わって、大人に近づくにつれ何かの「終わり」が見えたのだと言う。

「クリスマスとか遊園地とかお誕生日とか、子供向けのイベントが全部終わった感じ。卒業や就職はめでたいけど、なんかもうキラキラしてないっていうか。お父さんもお母さんも疲れやすくなったから、お出かけって雰囲気でもないし」

ああ、だからうちはくすんで見えたのか。もう立てることのないキャンドル。開けられないまま古びていくパッケージ。

世の中は不景気で特に未来に展望もなくて。ただこのままのっぺりと時が過ぎていくんだろうか。家族は個人じゃないけど、歳をとる。そういうことか。

俺の家は『0』だ。

いや、特にやりたいこともない俺こそが、『0』なのかもしれないけど。

その夜、姉ちゃんはいつものように疲れていた。だから俺は秘蔵のチョコを出してやった。なのに、断られた。

「なんか、チョコって気分じゃないんだよねえ」

少し顔色が悪かった。

「大丈夫？」

「うん。大丈夫」

ただちょっと食欲がないだけだから。そう言いながら姉ちゃんはふらふらと布団に向かった。

嫌な予感がした。

姉ちゃんはどんなに疲れていても、食事と甘いものは食べる。ていうか、食事はとばしても甘いものはスルーしない。インフルエンザにかかったときだって「こんなときこそ生ケーキを買ってこい」と言われたくらいだし。

翌朝、顔色は元に戻ってはいたが、やはり食欲は落ちていた。好物のハムエッグを俺に寄越し、自分はご飯に梅干しを載せたお茶漬け。父さんは「二日酔いか？」と笑っていたけど、母さんはちょっと心配そうだった。

「つらかったら、休みなさいよ」

そう言われた姉ちゃんは「うん」とうなずく。うなずいたけど、結局出かけていった。そして同じようにつらそうな表情のまま帰宅した。皆それとなく心配したけど、次の日は週末だったので、休めば治ると思っていた。

けど、姉ちゃんの食欲は戻らず、顔色も悪いままだった。

「病院行きなさいね」

月曜の朝、母さんはそう言った。姉ちゃんは小さな声で「うん」とうなずき、のろのろと家を出た。けれど帰ってきたのは夜で、本人曰く「仕事中に許可をもらって病院に行ってきた」らしい。

「で、どうだった？」

俺が尋ねると、まだ小さな声で「まあ、フツーだったよ」と答える。それで一瞬安心したけど、翌日になっても姉ちゃんの調子は戻らなかった。さらに夜、泣いている声まで聞こえた。

(——まさか)

言えないほどの重病だったのか。それとも会社で何かあって、心を病んでしまったのか。

「あのさ」

そうっと声をかけてみる。

「なんか、ほしいもんとか、ない？」

すると姉ちゃんは布団の中でもぞもぞと動きながら「ない。ありがと」と答えた。

わがままを言って欲しかった。ような気がする。

姉ちゃんの不調はさらに続き、家の雰囲気がよどんできた。さすがの父さんも「本当に病院に行ったのか」と心配しだし、母さんにいたっては「セカンドオピニオンとかあるでしょ。ついていこうか？」と言った。

「子供じゃないんだから、一人で平気だって」

顔色の悪いまま姉ちゃんは出かけ、薬ももらわずに帰ってくる。

（仕事を休めばいいのに）

一週間くらいゆっくりして、病院もちゃんと調べていいところにかかればいい。なのに姉ちゃんは休まない。なぜだろう。

次の週末、俺は店先でぼんやりと立っていた。暇だと、よくないことばかり考える。どうして姉ちゃんは病名を言わないんだろう。仕事を休まないんだろう。

（いい方に考えてみよう）

たとえば、言うのが恥ずかしい痔みたいな病気とか。言うほどでもない貧血とか。

いや、でも姉ちゃんだったらそのどっちでも言う。「痔とかありえなくない⁉」みたいに。

(——まだ病名がわからないとか?)

検査をすると、結果を二週間後に郵送とかいうことがある。前に父さんが胃カメラの結果をハラハラしながら待っていたこともあるし。うん、たぶんそうだろう。

(でも、その二週間の間、薬も処方されずにつらそうなのはなんでだ?)

結果が出る前に違う薬を飲むのが良くないとか、そういうことなんだろうか。

(ていうか、もしかして……)

重病の可能性が。

考えないようにしているのに、どうしてもそっちに寄ってしまう。俺がそれを考えたところで、どうにもできるもんじゃないのに。

(もし、姉ちゃんが——)

いやいや、現代の医療を信じろ。癌だって治るケースがあるじゃないか。

(でも、若い人がかかるのは)

いやいやいや、癌と決まったわけじゃない。でも、じゃあなんだ?

人に言えなくて、一人で泣くような病気。

こっちの方が泣きたい気分だ。

「そろそろ」なんて生ぬるかった。「今」がガンガンに俺たちを詰めてきている。

そんなとき、ぼそぼそとした声が聞こえてきた。

「……『失われたホールケーキの会』的には、5号がほしいところだけど——やっぱり4号かな」

俺ははっと背筋を伸ばす。天使の二人が、ショーケースの前で相談していた。そうか。今日は週末だった。そしてなぜか二人は、妙にお洒落というか——きちんとした格好をしていた。イベントとかライブとかみたいな感じじゃなくて、もっとなんか上品な方向で。

「じゃあ、『ショートデコレーション』の4号を一つ、お願いします」

ゆかと呼ばれていた女の子の注文に俺はうなずき、ショーケースを開ける。今日も今日とて残っていた、ショートデコレーション。

「こちらでよろしいでしょうか」

紙箱の中を見て、二人はにっこりとうなずく。それを見て、俺はふと手を止めた。

笑顔が、どこか不敵だった。いつもの二人は、どこか切羽詰まっていてこんな雰囲気じゃない。

(服とのギャップがすごいな)

お出かけっぽい格好なのにやる気満々。食ってやるぜ、なんて声が聞こえてきそうだ。特にこいちゃんと呼ばれていた女の子なんか、いつもより大人っぽくってドキッとするくらい可愛いのに。

くすんでよどんでいた気分に、がっとライトを当てられたような気がした。

(なんかよくわかんないけど、頑張ってほしい)

無性に応援したい気持ちが湧いてきて、思わず言ってしまう。

「フォークは、おつけしますか」

そうたずねると、二人は「え?」と声を揃えて目を泳がせる。余計なことを言ったかもしれない。そう思った瞬間、二人が「バレた?」みたいな表情で顔を見合わせていることに気づく。

すぐに「いりません」と言わないところをみると、やっぱりすぐにでも食べたいんだろう。

「入れておきますね」

俺はごく自然な風を装ってレジに向かう。どきどきしていた。そしてフォークついでに、試食用の紙皿と紙ナプキンも入れておく。二人が、すぐにでも食べられるように。そして会計の段になって、レジ横のボックスをふと見た。

『0』があった。

「お待たせしました」

表情を崩さず、ビニール袋を差し出す。

二人はそれを受け取ると、ぺこりと会釈してからそそくさと去っていく。フォークを断らなかったのが恥ずかしかったのかもしれない。なんとなく目で追っていると、地上へ向かう出口ではなくエレベーターに乗った。

姿が見えなくなったところで、ようやく深い息を吐き出す。

話しかけてしまった。そして、入れてしまった。

俺は静かに息を吐き、呼吸を整えてから後ろを振り返る。大丈夫だ。上田さんにはたぶん、気づかれてない。

別に悪いことをしたわけじゃない。サービス品ボックスに入っていた売れ残りのキャンドルを、お得意様にサービスとして入れただけ。ただそれだけのことだ。

そんな俺に、背後から声がかかる。

「カジモトくん」

「はいっ⁉」

急に振り向いた俺を見て、上田さんが軽く両手を挙げた。

「どうしたの」

「あ、いえ。なんでもないです」

「ならいいけど。休憩、行ってきていいよ」

俺はうなずくと、制服の帽子を取りベストを脱ぐ。こうしてしまえば白シャツと黒パンツで店員らしくなくなる。そして貴重品入れの引き出しからスマホと財布を取って店のブースを出た。

三十分の午後休憩、いつもなら一番近い地下二階の従業員休憩室に行くか、地上に出て外の空気を吸いながらベンチに座ってスマホでゲームでもするところなんだけど。俺はなんとなくエレベーターに向かい、屋上のボタンを押した。二人が何階に向かったかなんてわからないけど、空や緑が見たい気分だった。

チンという音と共に扉が開くと、さわやかな風が吹き込んでくる。屋上庭園だ。広々とした空間に、ふっと肩の力が抜ける。どこに座ろうかあたりを見渡すと、パラソル付きのテーブル席がいくつか見えた。でもここはお客さん用って感じがするし、端のベンチにしよう。そう思った瞬間、手前のパラソルの下にあの二人が座っているのが見えた。

反射的に、顔を背けてしまう。向こうは、こっちなんか覚えてないだろうに。横を向いたまま目立たないように移動する。視界の端に、二人がショートデコレーションを開けているのが見えた。楽しそうだ。

（よかった）

プラスチックのフォークで、でかいケーキをざくりとすくい、口いっぱいに頬張る。よそ行きの格好のまままもりもりケーキを食べる二人は、見ているだけで元気になるような気がした。

（姉ちゃんも、早くこんな風になればいいのに）

ぽとりと、忘れていればいいことを思い出す。ここで俺がしんみりしたって何も変わらないのに。

さっさとこの場を離れよう。そう思って歩き出そうとした次の瞬間、こいちゃんと呼ばれた方の女の子が悲しそうな顔で下を向く。

（え？）

それを見たゆかと呼ばれた女の子は、驚くこともなく彼女の背中をとんとんと叩いた。「こいちゃん」は泣いているようだった。

（楽しいんじゃないのかよ）

あんなにやる気に満ちて生き生きしてたのに、今の「こいちゃん」は静かに泣いている。そして彼女がケーキを食べながら泣くことに「ゆか」は慣れている。

そこでふと、俺は気づく。これは、『失われたホールケーキの会』だ。つまり、この二人はきっと何かを失っている。それを、ホールケーキを食べることで何とかしているんじゃないだろうか。

でも、闘ってる。

なぜなら彼女たちは、顔を上げたからだ。「ゆか」が「こいちゃん」に何かを言うと、「こいちゃん」が返事をして「ゆか」が「へへへ」と笑った。そして「こいちゃん」は、「ゆか」からフォークを受け取ってケーキに向き直った。それはまるで、ノックアウト寸前で立ち上がるボクサーみたいに。

悲しんで、落ち込んで、泣いて。もりもり食って、顔を上げて。

二人は、姉ちゃんと同じくらい、いや、もしかしたら姉ちゃん以上にカッコよかった。

俺はその場を離れると、顔を上げて空を見る。すこんと晴れていた。もこもこと、シュークリームみたいな雲がおいしそうだった。


家に帰ると、姉ちゃんは相変わらず顔色が悪い。上向いた気分が瞬時にしぼむ。

そして姉ちゃんは深刻な表情で、父さんと母さんと俺を食卓につかせた。

「いいお知らせと悪いお知らせがあります」

なんだそれ。ていうかこの雰囲気、いいお知らせの度合いが低そうすぎるだろ。

「……映画でよくあるやつ」

軽く冗談めかすと、母さんが「ちゃんと聞きましょ」と言った。

「ええと、じゃあ言います。事後報告になって本当にごめんなさい」

事後報告？　まさか本当に重病かよ。でなきゃ、治るけど時間がかかる？

「――いいお知らせと悪いお知らせは、ほぼ同じことなんだけど」

場が、静まり返る。

「結婚することになりました。お腹に赤ちゃんがいます」

「――へ？」

父さんが、マンガのように口をあんぐりと開ける。

「いつから——その、相手の人は、どこの——」

「お付き合いは長くて、もう一年ちょっと。職場の取引先の人」

あ、もちろん不倫とかそういうのじゃないから。姉ちゃんは顔色が悪いまま、少しだけ頬を赤らめる。

「赤ちゃんできたかも、ってなってから、私も不安で病院行くの怖くて。あと、確定してからも彼に言うまで時間がかかっちゃった。心配させてごめんね」

てことはあれか。行った病院は産婦人科で、治療も薬もなかったのは妊娠だからか。

「マジかよ」

俺ががっくりと肩の力を抜くと、父さんがいきなり立ち上がった。

「——これのどこが悪いお知らせなんだ！」

「え？」

姉ちゃんはきょとんとした表情を浮かべる。

「だってほら、授かり婚って形だから。お父さんとお母さんにはちょっと恥ずかしい思いをさせちゃうかもって」

俺も数に入れろや。と言おうとして、父さんが泣きそうな顔をしていることに気づいて言葉を引っ込める。

「悪くないっ！　ひとつも、どこも、悪くない!!」

「お父さん」

姉ちゃんの目が、うるうるになってる。

「ぜんぶいいい!!」

父さんの叫びが、狭い室内に響き渡った。

その隣で、すべてを見通していたような顔で母さんが「そうね」とうなずく。

赤ちゃんか。まだ外見からはわからない姉ちゃんの腹を見て、ふと思う。そこには、「そろそろ」じゃなくて「これから」があるんだな。


姉ちゃんの報告により、うちの家族は第二回の青春期を迎えた。つか、第二回ってなんだよ。ドラマのセカンドシーズンかよ。

そしてそんな中、偶然にも父さんの給料が上がった。なんでも会社が外資に乗っ取られた結果、技術者の賃金がよくなったのだそうだ。母さんも系列の工場で働いていたから、少し上がったらしい。

「孫を甘やかすための貯金ができるな」

そう言って、嬉しそうに出かけていく。

姉ちゃんは相変わらずつらそうだけど、新居を探したり式のことを決めたりとやることが多い。

「ああもう、いっそ産んでからしばらくここにいようかな」

「いや狭いし。つか相手の人は」

「だよねえ。赤ちゃん以前に彼と住みたい気持ちだったの、忘れそうだわ」

息をするようにのろけられて、俺は「はいはい」とため息をつく。

この間初めて会った相手の人は、なんかぼんやりしてててちょっと頼りないような雰囲気だった。でもウェディングケーキの話をしていた時、姉ちゃんが「どうせあんまり食べられないから安いイミテーションケーキでもいいよ」と言ったら、その人は首を横に振った。

「逆でしょ。あんまり食べられないからこそ、食欲のないときでも食べられるケーキにお金を使わなきゃ」

そう言って、カタログの中にあるイチゴのケーキを指差した。ホールケーキが三台重なって、中にもイチゴがたっぷりのショートケーキタイプ。姉ちゃんが、絶対絶対好きなやつ。

「そうだった」

えへへと笑う姉ちゃんを見て、俺は安心する。

「当日、食えなかったら俺が食ってやるから」

そう言うと、「絶対食べるから！」と鼻息を荒くした。

少し膨らんできた腹は、ホールケーキみたいに丸い。


ゼロじゃなかった。ていうかこれは「まる」だ。よくできましたの、『○』。

俺は、いつか「こいちゃん」と「ゆか」に『○』を書いたチョコプレートをプレゼントしたいな、なんて思う。まあ、次に来る保証なんてないけど。

でも、会えたらちょっと喋ってみたい。闘う天使と。

追いイチゴ

Shortcake

Tsukasa Sakaki

カジモトくんが恋をしている。

傍目《はため》でもわかるくらいに、思いっきり何かがだだ漏れている。

そのことについてカジモトくんと話したわけではないから、恋とは言い切れないかもしれない。でもさ、これはもう、誰が見たってたぶんそうじゃないだろうか。

だってもう、言動が怪しい。

普段は「平熱」という雰囲気のカジモトくんが、どよんと落ち込んだと思ったら、にわかに明るい表情をしたり、慌てたりする。

相手は、二人連れの女の子のどちらか。しかもその二人はうちの店の常連で、ホールケーキを予約なしでお買い上げくださる天使。大人しそうな服でお嬢さんっぽいタイプと、表情が豊かで動きの大きい元気そうなタイプ。年齢を重ねた私から見ると、どちらの子もとても可愛くて、まぶしいくらいだ。

二人は主に週末に来店するから、自然とカジモトくんが接客することが多かった。年齢も同じくらいだし、記憶に残りやすいお客さんだったと思う。

カジモトくんは今時の若者で、しかもわりと真面目なタイプだ。バイトの面接に来た時もちゃんと襟付きのシャツを着ていたし、敬語も使える。きっといい家庭で育ったんだろうな、なんて思う。

普段は淡々としていて、言動にブレがない。私はそういうところがすごくいいなと思っている。駅に直結したビルにある店には老若男女、様々なタイプのお客さんが来るから、その一定した雰囲気はとても合っているのだ。

たとえば主力商品の一つであるジャンボシュークリームが売り切れていたとき。目の前で「えー、ないのお？」とお客さんに文句を言われたカジモトくんは、まずぺこりと頭を下げる。

「すみません。今日は売り切れてしまいました」

それで引いてくれるお客さんならいい。でもその先に文句が繋がるタイプの人もいる。

「予約の分から売ってよ。余分があるんでしょ？」とか「近くの支店から取り寄せられないの？」みたいな。

そんなとき、カジモトくんは真顔でじっと相手の顔を見る。そして「ごめんなさい。それはできないんです」と直立不動で告げる。それで大体の人は、鼻白む。

無い袖は振れない。ことわざをそのまま体現しているようで、おかしかった。もちろん、それ以上理不尽なことを言われるようなら私が出ていくのだけど、そんなケースになることはほとんどなかった。おそらく、カジモトくんの「平熱」はそういうお客さんにも伝わるんだと思われる。

冷たいわけじゃない。ただカジモトくんには、どこか何かを諦めたようなところがある。それがごねようと思っていた人にも伝わるんだろう。「こいつに何を言ってもこれ以上何も出ない」と思わせる何か。

淡々としている。若者らしくスマホでゲームもしているし、友達からのＬＩＮＥも入る。でもどこか、遠くを見ているようなところがあった。

そんなカジモトくんだが、ショートケーキにはそこそこ情熱を注いでいる。あるときショーケースの中を整理しながらぼそぼそ喋っていたので声をかけてみると、「売れるな、って呪文かけてました」と答えた。残りのケーキは二個。閉店時間まではあと三十分。売れ残れば、割引チケットを使って十五パーセントオフでショートケーキを買うことができる。

「ショートケーキ、好きなの？」

「いえ。俺は普通なんですけど、家族が好きで」

「そっか」

私はうなずくと、心の中で同じように唱えた。売れるなよ。でも、つらそうなお客さんが現れてしまった場合は、特例として売れてよし。

私は心のどこかで、ケーキという存在を信じている。中でも、とりわけショートケーキを。食べ物である以上嫌いな人や体質的に受けつけない人もいて当然なのだが、なんとなく「善なるもの」として扱ってしまう。だって甘いし。ふわふわだし。おいしいし。

いや子供か。

でもそのショートケーキが、日本独自のケーキだと知ったときは心底驚いた。だってこのビジュアル、どう見ても欧米感満載でしょう。

もちろん、ショートケーキの前身というか元祖はあっちにある。それはイギリスで発生して、同じ英語圏であるアメリカに流れてきたんだけど、そのどちらもが固めでサクサクした生地に果物を挟んでクリームをかけたものだったらしい。

じゃあどこでスポンジケーキになったのかというと――二つの説がある。まずアメリカの時点で、食事系のビスケットを経てパウンドケーキに寄ったからそうなったというのが一つ。もう一つは、元祖ショートケーキを見た日本人が「ケーキらしい」ゴージャスなイメージを求めて、ふわふわ&デコレーションにしちゃった説。これにはついでに「日本人には柔らかいものが好まれた」説もおまけでついてくるから、こっちの方が有力なのかもしれない。

実際、全方位的に好まれるし売れ残りも少ないところを見ると、「日本人好み」っていうのも納得する。

(日本人は顎《あご》が弱いんだろうか……?)

メインの売れ筋がシュークリームというのも、それを裏づけている気がした。ラインナップ的にもスフレワッフルにプリンと、やわらかいものばかりだし。

まあ、だからこそお年寄りにも小さい子供にもウケるってことか。

カジモトくんが特定の人物を目で追い始めたときはすぐわかった。

普段はぼんやりに近い自然体でショーケースの前に立っているのに、きゅっと背筋が伸びたからだ。

首を伸ばして、何かを見ている。後ろから同じ場所を見ると、そこにはショーケースをのぞきこむ二人の天使がいた。最初は、常連さんに反応しているのかと思った。でも他の常連さんが来ても、そんな風にはならない。妖怪「シュークリームまけろ」じいさんや、塾帰りにスフレワッフルを買うのがお楽しみの小学生なんかには、いつも通りの平熱で対応している。

そのとき私は、ショーケースとは反対側の壁際で作業をしていた。だから接客はカジモトくんに任せていたのだけど、ふと耳慣れない言葉が聞こえてきた。

「フォークは、おつけしますか」

フォーク？　スプーンはよくあるけど、フォーク？　珍しいな。作業をしながら何気なく聞いていると、お客さんからの返事がないにもかかわらずカジモトくんは「入れておきますね」と答えた。

（え？）

そんな商店街のおばちゃんみたいな、もとい八百屋のおじさんみたいな、いやどっちにも失礼か、な真似をするタイプじゃないのに。このイレギュラー感。もしかして。私は下を向いたまま、横目でそうっとショーケースの方を見た。

（やっぱり）

そこにいたのは、ドレスアップしていつもとは雰囲気の違う天使たち。

さらにカジモトくんは「フォーク」と言いつつ、ショーケースの下に入れてあった店員の試食用の紙皿まで包んでいる。さらにさらに（皿だけに？）カジモトくんは、レジ横のサービス品ボックスから、売れ残っていたキャンドルをそっとケーキの袋に入れた。

（――‼）

わきわきした。彼の人生のきらめくような瞬間を目撃してしまったのだと思うと、その場でフラッシュモブのようにダンスでも踊りたくなった。踊れないけど。

「お待たせしました」

平熱を装ったカジモトくんが袋を差し出すと、二人はぺこりと頭を下げて去ってゆく。何かが伝わったんだろうか。そしてカジモトくんは二人の後ろ姿を見送り、深い息を吐き出す。ああもう。わきわきする。

そろりとこちらを窺《うかが》うように顔を傾けたカジモトくんに、私は素知らぬ顔で声をかける。

「カジモトくん」

「はいっ⁉」

平熱が上がったカジモトくんは急に振り向き、私はさも驚いたように軽く両手を挙げてみせる。

「どうしたの」

「あ、いえ。なんでもないです」

なんでもありすぎじゃろがい。

「ならいいけど。休憩、行ってきていいよ」

私の言葉にカジモトくんはうなずくと、制服の帽子を取りベストを脱ぐ。こうしてしまえば白シャツと黒パンツで店員らしくなくなる。そして貴重品入れの引き出しからスマホと財布を取って店のブースを出た。

その背中を、私もカジモトくんのように目で追う。天使たちが去った方向に、まっすぐ歩いていく。

まぶしくてまぶしくて、わきわきした。


休憩が終わり、カジモトくんは平熱の顔を装ったまま帰ってきた。短時間で何かがあるとは思えないけど、なんかちょっといい顔をしていたから、私は心の中で手を合わせる。神様、誰かの尊い瞬間に立ち会わせてくれてありがとうございます。

嬉しいから、今夜は家で追いイチゴをすることにする。

これはケーキを冒瀆《ぼうとく》してるようで他人にはおすすめできない私だけの趣味なのだが、特別に教えよう。まずどこの店でもいいから、イチゴのショートケーキを買う。スーパーに寄る。イチゴを買う。そして家に帰り、好きなだけイチゴを追加トッピングする。なんならスポンジを剝がして中にinすることも。

するとイチゴ味のケーキが、ケーキ味のイチゴに逆転する。

見た目はよくない。が、祝祭感はすごい。美しく整ったケーキにはない、お祭り感がある。

若い人には幸せになってほしい。それがケーキを愛する天使と、ショートケーキに呪文をかけるカジモトくんならなおさら。

その夜私は、一人うなずきながらクリームまみれのイチゴを頰張った。


「——姉が結婚することになって。家族で、食事会があるんです」

ある日カジモトくんはそう言って、苺サンドデコレーションの6号を予約した。七〜八人分の大きさのケーキは、さすがに店には置いていない。

「それはおめでとう！」

もしかして、ショートケーキが好きな家族というのはお姉さんのことだったんだろうか。なんにせよ、そんなお祝いの席にうちの店のケーキを使ってもらえるのは嬉しい。

「俺は行っても飯食うだけで、なんもできることないんで」

だからケーキくらい買っていこうかなって。カジモトくんは少し照れ臭そうに言った。

「うん」

私はうなずいて、タブレットの画面に予約のチェックを入れる。お祝いの場面に、大きな丸いケーキ。これぞケーキのお仕事、という気がする。

当日、カジモトくんは襟付きのシャツと黒いパンツで店頭に現れた。

「あら、ほぼ制服だね」

「一応素材は違いますけど」

でもちゃんとしようとすると、こうなっちゃうんですよね。カジモトくんはいつもの平熱な感じで袖を引っ張る。

「なんなら、帰りにそのまま入りましょうか」

「そんなこと言うと、本当にシフト入れるよ」

「嘘です。すみません」

私は十五パーセント引きの金額を伝え、レジに向かう。そのとき、ふと思いついて彼にたずねた。

「キャンドル、つける？」

するとカジモトくんは少し考えてから「『0』をひとつ、お願いします」と答える。

「『0』？　普通のスティックタイプもあるけど」

「はい。『0』がいいです。その――姉ちゃんのお腹に、0歳がいるみたいなんで」

うわあ、なんてめでたい。

「それはダブルでお祝いしなきゃ！」

再びフラッシュモブを踊りたい気分で、私はおまけにもう一つキャンドルを入れる。

「お買い上げありがとうございます」

カジモトくんに袋を手渡すと、彼はすぐそれに気づいた。

「ハート……」

「私からのお祝い。百円で悪いけど」

「いいえ。嬉しいです。ありがとうございました」

カジモトくんはぺこりと頭を下げると、四千円越えのケーキが入った袋を持ってそうっと歩き出す。その足取りがとても優しくて、私は少し泣きたいような気分になる。歳だからかな。

ままならない

Shortcake

Tsukasa Sakaki

ショートケーキが大好き。

生クリームのコクに、甘酸っぱいイチゴ。ふわふわのスポンジは口の中でしゅわっと消えるのが最高だけど、シロップがじゅわじゅわに染みたのも、手作りっぽいどっしりしたものも好き。でも何よりときめくのは、上に載った一粒のイチゴ。白い大地にぽつんと灯された希望のような赤。特別で、大切で、唯一無二のものって感じがして本当に好き。

なのに。

そんなショートケーキが食べられなくなる日が来るなんて、思ってもみなかった。

フォークを持つ手が止まる。

目の前にあるのは、無残に崩れたケーキ。ぼろぼろのスポンジと、流れ落ちたクリーム。味は変わらないとわかっていても、食欲が湧かない。

いや、味は違うんだった。このケーキには、イチゴが存在しない。

「ねえママー、もうない？」

テーブルの横で私を見上げる、三歳の娘。奈々《なな》。

「うん。ないねえ。ほら」

私の皿を見せると、見える距離にもかかわらずぐいぐい体を押しつけてのぞき込んでくる。

「ホントだあ」

言いながらも、フォークを伸ばして崩れたケーキをさらに崩す。

「なかにものこってないねえ」

そうだね、と答えるとしゅんとうつむく。

「イチゴは、どうして食べるとなくなっちゃうのかなあ」

ふくらんだほっぺた。長い睫毛《まつげ》。幼児独特の横顔のフォルムが可愛らしい。言っていることも、かわいい。かわいい。かわいいの塊だ。

ふと、私の方を見上げる。

「ねえママ、なーちゃんはイチゴがせかいでいちばんおいしいとおもうよ」

ほら、かわいい。

「うん。ママもそう思うよ」

にっこりと微笑んで娘のほっぺたをつつく。

可愛いと思う気持ちは本当だ。でも、それと同じくらい違う感情が渦巻く。

――ままならない。

私は特にグルメだとか食いしん坊なわけじゃない。食べる量もほどほどだし、甘いものに関しても強い執着はない。好きなものも嫌いなものもこれといって激しいものはないし、食に関して何か言うことがあるなら「ケーキセットと共に過ごすお茶の時間が好き」、くらいだろうか。つまり私は、自分の人生における「食」の割合は高くない方だと思っていた。

でも、子供が生まれてからそれが変わった。

要するに、ままならないのだ。

最初にそれがわかったのは、好物のショートケーキを前にしてフォークが止まったとき。

「――胸焼けかな?」

昨日食べ過ぎてもいないし、おかしいな。なんかイチゴの酸っぱさも妙に気持ち悪いし、もしかして食あたり? そんなことを考えていたら、妊娠がわかった。

すごく嬉しかったし夫と手を取り合って喜んだけれど、つわりが始まったとたん、好きなものどころかほとんどすべてのものが食べられなくなった。最初はつらくても「こんなものなのかな」と思っていたけど、食べ物だけではなく日常的なすべての匂いが鼻につきはじめたときには怖くなった。息を吸うだけで気持ちが悪くなり、それを支えてくれるために近寄ってくれる夫の匂いにすら吐き気を覚えたのだ。

「こういうのは、個人差があるからねえ」

何も食べられず衰弱してしまった私に、担当の産科医は困ったような笑顔を浮かべながら点滴の針を刺した。

そのころ食べられたものは、冷たい絹ごし豆腐をスプーン一杯、冷ました鶏のササミの塩焼きをひとかけら、冷ましたご飯に塩をかけたものを少し、水。それだけだった。白っぽくて、お供え物みたいな食卓。夫の食事を作るのも目の前で食べられるのも無理だったので、その時期は自炊してもらって完全に食事を分けていた。

(なんでこんなことに)

通常、つわりはある程度の時期におさまる。でも私は出産までおさまらなかった。

(妊娠後期って——もっとこう、楽しい時間なんじゃないの⁉)

夫と二人きりの最後の時間だから、日帰り旅行に行ったりデートしたり。

「産まれちゃったら忙しくなるから、フルコースをゆっくり食べておこうね」

なんて甘い夢を語っていたのに。

現実は、白いお供え物。しかも食事は別々。相手の匂いすら嗅ぎたくない。これじゃ愛が深まるどころか、離婚直前の夫婦だ。

唯一の救いは、夫が「無理なものは無理だよね」と割り切れる性格の人だったこと。そして自炊や家事がそれなりにできていたこと。

「気持ち悪がってごめんね」

ホルモンバランスが崩れ、マタニティブルーになった私が泣き出すと、夫は私に向かってまずこう言った。

「手を伸ばしてもいい？」

私がうなずくと、夫は空気中に匂いが広がらないようにそろりと手を伸ばす。そして、私の頭をそっと撫でた。

「色々頑張ってくれて、ありがとう」

まるで美女と野獣のようなやりとりに、私はようやく微笑むことができた。

それが、最後のロマンチックだった。かも。

産後、ようやくつわりがおさまった。食欲が戻ったときに私が求めたのは、色味があってバランスの良い食事。目の前に並んだほかほかのご飯とお味噌汁。肉じゃがとか唐揚げとかの茶色い系おかずに、しゃきっとした緑のほうれん草のごま和え。そういうものに、ものすごく飢えていた。

なので実家の母が来てくれた一週間は天国だった。食欲が戻った私はあれが食べたいこれが食べたいとわがままを言って、母と夫に甘え倒した。「お祝い」という言葉にかこつけて、何度もショートケーキを食べた。妊娠中はあれほど気持ち悪く感じた生クリームが、天上の美味のように感じた。けれど母が帰ってしまうと、食生活は再び残念なものになった。今度は純粋に、手が足りなかったのだ。

夫は育休を申請してくれたのだけど、一週間しか取れなかった。だから母と合わせて都合二週間、私は休むことができた。でもその先は、いわゆるワンオペ育児。生まれたての小さな生き物を育てるほぼすべての責任が、私の肩にのしかかった。

新生児は、二時間から三時間おきにミルクを欲しがって泣く。それが夜中の二時だろうと、明け方の四時だろうとおかまいなし。それに合わせているうちに睡眠時間は削られ、しだいに朦朧《もうろう》としてくる。それでもつわりのときとは違って、お腹が減る。

何か食べたいと思うけど、少しでも音を立てるとせっかく寝た赤ちゃんが起きてしまう。そこで私は忍者のようにそっと移動し、夫に買っておいてもらったサンドイッチを口に押し込む。

(なんでこんなことに)

真冬なのに、温かい紅茶すら飲めない。狭いマンション住まいのせいか、ポットからお湯を出す音にも赤ちゃんは反応してしまうのだ。お米が食べたかったけど、コンビニのおにぎりのパッケージを開けるカサカサとした音にも反応する。あと、おにぎりだと栄養が偏って母乳に影響が出るかもと心配した。

夫が出かける前に皿に出して、音が出ないようにゆるくラップをかけておいてくれたサンドイッチ。それを無言で素早く食べる。食事じゃなくて、ただの補給行為。ハムとレタスとパン。あの時の私はそればかり食べていた。

怒濤の三ヶ月が過ぎると、少しだけ気持ちに余裕が出てきた。もしかしたら少し、産後うつのような状態だったのかもしれないと思えたのはこの頃だ。

だってよく考えてみたら、食事がサンドイッチである必然性はない。パッケージを開けてもらったおにぎりと卵焼きとかでもなんとかなったはずだ。野菜だってレタス一枚より、デリで買ったおひたしやひじきサラダの方が栄養があっただろうに。

「とにかく死なせないのに精一杯で、視野が狭まりまくってたんだよねえ」

初めてできたママ友の「さとこちゃん」は、しみじみとそう言っていた。

「わかる。なんかもう、今までの世界とは違うところに隔離されたみたいな気がしてたよ」

「隔離って」

さとこちゃんは声を上げて笑う。

「あつこちゃん、ときどき言葉が固くて面白いよねえ」

そう言ったのは、二人目のママ友「きみえちゃん」。

「え？　そう？」

「うん。なんか本読んでる人って感じがする」

二人とは、月齢が同じ赤ちゃんが集まる区民センターの体操教室で知り合った。隣にいたさとこちゃんが声をかけてくれたのがきっかけで、その次の週にきみえちゃんが加わった。

さとこちゃんはスポーティーな服を好む明るい人で、きみえちゃんは上品な巻き髪が可愛くてお洒落な人。私はといえば、無難なファッションで落ち着いたものを好むタイプ。

学生の頃、同じクラスにいてもきっと友達にはならなかった。そんな三人がこうして一緒にいるのは不思議で面白い。

近所の公園の、ピクニックテーブルみたいな四人がけのベンチ席。そこが私たちの定位置だった。特に広くもなく駅近でもないおかげで、平日の午前中はいつも空いている。そして交通の便が良くないからか、周囲にはスタバどころかコンビニもない。だから飲み物は、決まって自販機の缶コーヒー。麦茶とルイボスティーの生活には、全員が飽き飽きしていたのだ。

「でもさ、これから離乳食が始まると思うとどんよりするよ」

さとこちゃんは軽くうなだれる。

「離乳食、かあ――」

きみえちゃんも眉間に皺を寄せた。

「小さく切って茹でたり蒸したり潰したり？　私、料理あんまり好きじゃないから憂鬱でしかないよ」

「憂鬱、も本読んでる人みたいだよ」

私が突っ込むとさとこちゃんがえへへと笑う。

「でも私、漢字じゃ書けないよ」

「私も」

「私も」

三人で笑い合う。

「産後って、頭も悪くなるよね」

きみえちゃんの言葉に私とさとこちゃんはうなずく。

「うん。記憶力が低下するとか書いてあったけど、色んな判断力が低下した気がする」

「赤ちゃんを生かす判断力だけに全振りしたみたいな、ね」

実際、本を読んでも内容が頭に入りにくかったし、娯楽もあまり楽しめなかった。

「髪は病気かってくらいわさわさ抜けるし、お腹の皮はたるんだまま戻らないし、なんか生き物として『死にかけてる』って感じがしたなー」

さとこちゃんの言葉に、今度は私ときみえちゃんが激しくうなずく。そう、『死にかけて』いたのだ。身体的にも、社会的にも。

「でもさとこちゃん、おしゃれだったじゃない」

きみえちゃんのつっこみに、さとこちゃんは「なに言ってんの」と返す。

「ヨガあるかもって書いてあったから、だるだるのサルエルパンツ穿《は》いてっただけでしょ」

ていうかあつこちゃんのコンサバきれい目っぷりも中々だったし、きみえちゃんに至ってはセレブママかと思ったわ。そう言われて、また笑い合う。

こういう時間が、本当にありがたい。なぜなら赤ちゃんはまだ喋れないし、そもそも意思疎通すらできない。それでも情操教育のためにと話しかけながらお世話をしているけど、狭い部屋の中、一人言のように声をかけていると、ときどき心が死にそうになるのだ。こんな形の孤独があることを、私は子供を産んで初めて知った。

「私、さとこちゃんときみえちゃんと知り合えて本当に良かった」

「なに言ってんの。私だって二人と話せなかったら、ストレスでSNSやりまくって病んじゃうとこだったよ」

実際のところ、この時期の記憶は夫よりも子供よりもさとこちゃんときみえちゃんの方が多い。というか濃い。でもそれはしょうがない。週末しか時間がとれない夫よりも、平日のほとんどを共に過ごしていた相手が記憶に刻まれるのは当然だ。

（戦友、って感じ）

同じ時に同じ場所で闘っていた同志。「ママ友」というゆるいフレーズの向こうには、苛烈《かれつ》な闘いの記憶がある。

「あーあ、ビール飲みたい。ワイン飲みたい」

さとこちゃんが胸のエルゴの中で眠るりょうくんを見ながら、ため息をもらす。アルコールは母乳に移行してしまうので、飲むなら二時間は時間を空けなければいけない。でも、二時間の間に子供はお腹が空くかもしれないし、酔ったら手がすべって取り落とすかもしれない。

「私は辛いものが食べたい……！　激辛タンメンの店に行きたすぎて死にそう」

きみえちゃんがスマホの写真フォルダに収められたどんぶりを見つめながらつぶやく。上品な見かけとは裏腹に、きみえちゃんは生粋の激辛マニアだ。辛いもの自体は母乳に関係ないけど、辛いものを食べて母親が体調を崩すのはよくない、と育児書に書いてあった。

「そのさ、翌日つらいことになるのも引き受けてでも、食べたいのに」

たとえば今、胃痛や下痢を起こしたとして。赤ちゃんはそんなことに関係なくミルクを欲しがるし、おむつは汚れる。さらに散歩で外気に触れさせ、ベビーバスを出して沐浴《もくよく》させなければならない。

「ゆっくりトイレすら行けないのに、下ったらヤバいよね」

さとこちゃんの言葉に私もうなずく。実際、私も夫が家にいないときはトイレのドアを閉めずに用を足している。赤ちゃんがいつ泣くかわからないから。

「でも体調の問題より、店的な問題もあるかも」

私が言うと、きみえちゃんが「だよねえ」と肩を落とす。

「実は胃腸には自信があるんだよね。今までほとんど下ったことないし。だからハードルはお店なんだよ」

激辛チェーンのお店は、そもそも赤ちゃん連れに不向きだ。だって汁が顔に飛んだりしたら、どうなることか。

「修行場みたいなとこだもんね」

さとこちゃんが軽くため息をつく。

「子供預けて行きたいけど、その理由が『激辛』って言い出しづらいし」

きみえちゃんは実家が遠い。だから預けるとしたら旦那さんか義理のお母さんか、あるいはお金を払うシッターさんや区のファミリーサポート。でも旦那さんは辛いものが好きじゃないから同意を得づらくて、義理のお母さんにはそもそも言い出せない。けど他人に預けてまで食べに行くというのも、心苦しい。そういうジレンマが、あちこちで私たちの前に立ちふさがる。

「『激辛？　それくらいいつでも食べれるでしょ』とか夫に言われてさ。あっちは仕事のランチも、帰り道の外食も自由なのに！」

私たちは三人とも、母乳百パーセントの育児じゃなかった。だから他の人がいるときは哺乳瓶でミルクをあげてもらうこともできる。でも。

（そういうことじゃない）

無理すれば可能。手順を踏めば可能。誰かの力を借りれば可能。できないことはない。でもその後についてくる言葉が私たちにはわかる。実際に口に出されなくても、透けて見える。

『そんなことくらい我慢すれば？』からの『今は赤ちゃん優先の時期でしょう』。そして『子供が可愛くないの？』とか言われて『困ったお母さんだね～（苦笑）』でとどめ。

そんなこと。そんなことだけど、自分にとってはすごく切実で、今必要なこと。

「ていうか旦那が同じように飲むタイプでも、気持ちよく飲むのは難しいんだよね……」

さとこちゃんの家は、義理のお母さんが初孫に会いたくてよく週末に遊びに来る。それ自体は嬉しいし、家事を手伝ってくれるからすごくありがたいのだけど、さすがにそれに甘えながらお酒を飲むなんてことはできない。

「うちのと二人の週末だったら、ビール飲むから見ててよ、って言えるんだけどね」

なんとなく、そうは言えないじゃん？　さとこちゃんの言葉に、私もうなずく。子供の体温は高く、さらに授乳していると体内の水分を奪われて冬場でも喉が頻繁に渇く。そんなとき、冷たいビールを飲むことができたら。

（――ままならない）

ちなみに私がこの頃求めていたのは、ティータイム。甘いものを食べたいだけじゃなくて、紅茶やコーヒーと共に「ゆっくりと」ケーキを味わいたかった。そのことを言うと、二人は深くうなずいてくれた。

「熱い飲み物やお味噌汁、熱いまま飲めないよね」

飲もうと思っていれても、いつの間にか冷めてるし。きみえちゃんがつぶやく。

「そもそも熱いものが怖くって。抱っこしてるときに子供にこぼしたらとか思うと」

私の言葉に、さとこちゃんがうなずく。

「わかる。私このあいだ、コンビニスイーツを片手で摑《つか》み食いしてて子供の頭にカスタードクリーム垂らした」

「なのに外に出ると喫茶店には人がいっぱいいて、楽しそうにお茶してる赤ちゃん連れとかもいるんだよね……」

甘えてるんだろうか。母子ともに健康で、夫との仲も良くて、多分スペック的に言ったら完璧に幸せな状態なんだけど。

「隣の芝生は青い、ってやつかな」

私がへらりと笑うと、さとこちゃんはきっと顔を上げた。

「あつこちゃん、それは違うよ」

「え?」

「うちらさ、三大欲求のうち二つを封印されてるんだよ。つらくて当たり前だよ」

「三大欲求……」

私がつぶやくと、きみえちゃんが指を三本立てる。

「食欲、睡眠欲、性欲。三つ目は今、自動的に削除されてるけど」

瞬間的に三人でいひひ、と笑った。

「変な時間に変な食べ方して、ずーっと寝不足でさ。ストレス溜まるの当然じゃん」

さとこちゃんはむずかりはじめたりょうくんの首をそっと支えながら、立ち上がる。

「私、最近ほとんど立ち食いなんだ」

「そうなんだ」

「この子、背中スイッチあるから置いたら泣くし」

きみえちゃんと私は顔を見合わせた。きみえちゃんも私も、女の子ママだ。

「男の子の方が繊細だって言うよね」

みかちゃんをあやしながら、きみえちゃんが言う。

「だから私、もう座れるだけでありがたいって感じ」

私も胸の中の奈々の手を軽く握り、立ち上がった。

「さとこちゃん、それ三大欲求超えてるでしょ」

「そう?」

「ずっと立ったままって、ヨガの行者《ぎょうじゃ》でもあるまいし」

私の言葉に、二人がぶはっと吹き出す。

「あつこちゃん、言葉のセンスが独特すぎ」

「ヨガの行者って」

立ったまま三人で、しばらく笑い続けた。もしかしたらホルモンバランスが崩れていて、情緒もおかしかったのかもしれない。

寒風吹きすさぶ公園。それでも長居できたのは、乳児の体温が高かったからだ。

「ねえ」

私はふと思いついた言葉を口にする。

「私たち、互助会みたいなことできないかな」

たとえばさとこちゃんが座ってビール飲む間、私ときみえちゃんがりょうくん見てるとか。私の提案に、きみえちゃんはぱっと表情を輝かせた。

「いいねそれ。平日の昼間は長いし、ローテーションでストレス解消できるよ」

ちょっとセレブ感のあるきみえちゃんの巻き髪が風になびく。

「いい考えだと思うよ。でも――」

さとこちゃんは、少しうつむきながら言った。

「『互助会』って、古すぎない？」

私たちは再び、声を上げて笑う。


もともと、連絡用にＬＩＮＥのグループアカウントは作ってあった。でもそれはお互いの名前を連ねただけのものだったので、さとこちゃんの提案でグループ名とアイコンを変えることにした。

新しいグループ名は、『互助会』改め『ごじょ』。

「うん、これでオッケー」

きみえちゃんが古びた木製のテーブルの上に置かれた缶コーヒーの写真を撮って、アイコンに指定する。

「三大欲求のうちの、ひとつを取り戻そうね」

さとこちゃんがそう言いながら軽く腕を振り上げる。

「じゃ、順番決めね。じゃーんけーん」

ぽい。


最初は、きみえちゃんの激辛タンメンになった。

「この店舗が一番近いかな」

きみえちゃんがスマホでＳｉｒｉに聞いた結果、ここから電車で三十分くらいのところに、そのチェーンのお店がいくつか見つかった。

「電車一本で行けるとこがいいんじゃない？」

さとこちゃんの言葉に、きみえちゃんがうなずく。でも私は、その駅で降りたことがあるので首をかしげた。

「ここ、すごく不便だと思う。バリアフリーじゃないから、ベビーカー持って階段使わないといけないし」

乳幼児は近所なら、抱っこ紐だけでも移動できる。でも長時間だと自分の体に負担がかかるし、オムツやミルクや着替えなどを持つことを考えたら、ベビーカーが必要だ。しかも今回はきみえちゃんの子供のみかちゃんも預かるわけだし。

「そうなんだ」

「うん。あと、階段はなんとかなっても待つ場所がないのが一番困るかな」

二人は地図アプリを覗き込むと「ほんとだ」とうなずく。

「ファミレスどころか、スタバもファストフードもないね」

きみえちゃんがため息をつく。ままならない。

赤ちゃんを持つ身になってわかったことの一つに、「チェーン店のありがたさ」がある。統一されたメニューに、統一された店内。自社サイトにある「オムツ替えスペース有／無」や「子供椅子」などの表記。事前にこの情報があるだけで、お出かけの不安はぐっと減る。

「あ、じゃあこっちの店は？」

さとこちゃんが指差したのは、乗り換えが一回あるけど駅前が賑わっていそうな所。

こちらは駅ビルの表示もあるし、ファミレスもあった。

「乗り換えの駅もエレベーターあるし、いいかも」

私がうなずくと、きみえちゃんがほっとしたように笑う。

「駅ビルがあるなら、待っててもらうのも安心だよ」

「そうだね。本屋さんも入ってるみたいだし、あつこちゃんも安心でしょ」

さとこちゃんにそう言われて、私は頬を膨らませてみせた。

「さとこちゃん、私を勝手に本好きの人にしてる」

「え？　違うの？」

「違わなくは、ないけど——」

ほらやっぱりー。二人が声を揃えて笑う。


事前に天気予報を入念にチェックして、お店の空いている時間もチェック。当日の朝にお互いの子供の体調も確認して、私たちはお店のある駅前に降り立った。

「知らないところに来るの、久しぶり！」

さとこちゃんがきょろきょろとあたりを見回す。

「私も。わりと近い駅なのに、降りたことなかった」

きみえちゃんも楽しそうな表情を浮かべる。

「なんか秘密の冒険って感じがする」

私の言葉に二人がうなずく。

実は私たちは、この計画を家族に話していない。それが余計にわくわく感を増しているのだ。

「秘密ってわけじゃないけど、なんか言わなくてもいいかなって」

さとこちゃんがベビーカーを押しながらつぶやく。

「わかる。平日の昼間だし、あえて言わなくてもって思うよね」

私がうなずくと、きみえちゃんが「私はそもそも言えるわけないし」と笑った。

「激辛タンメン食べたくて、ママ友に子供預けるなんてね。怒られはしないだろうけど、呆れられるだろうなあって」

「あとあれね。その後ずっと笑い話としてネタにされそう。子供に向かって『あのときママは君を置いて、激辛タンメン食べてたんだよ～』とか」

さとこちゃんの意見に私は深くうなずく。わかる。わかるのだ。夫はそういうことを言わないと思うけど、「そういうことを言われそうな感じ」はものすごくわかる。

（私の場合は、お母さんかな）

明るいけど口の軽いところのある母は、いかにもそういうことを言いそうだ。

「でも――」

「ん？」

きみえちゃんがみかちゃんに笑いかけながら小首をかしげる。

「なんだか私たち、いつも『怒られないか』を気にしている気がしない？」

すると、さとこちゃんの足が止まった。

「うわ、ホントだ……」

それを見て、きみえちゃんも私もベビーカーを止める。

「誰に？」

「え？」

「私たち、誰に怒られるのを気にしてるんだろ？」

その疑問に、私もきみえちゃんも答えられなかった。

うきうきした気持ちが、しゅっと音を立ててしぼんだような気がした。

「なんか、ごめんなさい」

私が言うと、さとこちゃんが首を横に振る。

「あつこちゃんのせいじゃないよ。でも――なんだろう、気持ち悪いね」

りょうくんをあやしながら、さとこちゃんがゆっくりと歩きはじめた。

「なんかさ、その――『怒られる』っていうの、すっごくわかるんだよ。でも、私たちって旦那にも義母にもまあまあ恵まれてて、よっぽどのことじゃない限り責められなくない？」

きみえちゃんと私が同じようにうなずく。

「ていうかさ、近しい人が子供関係のことで『怒る』なんて、ほとんどないと思う。たとえばその――命の危機とかじゃない限りは」

「お医者さんや保健師さんも、注意はするけど怒ったりしないよね」

私がつぶやくと、きみえちゃんが「そうだよね」と言った。

「今の時代、お母さんを追い詰めたらいけないっていろんなメディアで言われてるもんね」

「それに、そもそも私たちに注意しそうな人って『怒る』前に話し合ってくれそうじゃない？」

さとこちゃんの意見に、きみえちゃんと私は納得する。夫も、実の両親も義理の両親も、いきなり怒ったりするような人たちではない。

「実際に怒る人はいない。だったら、なんで『怒られる』感じがするんだろう？」

私の疑問に、きみえちゃんがぽつりとつぶやく。

「――世間？」

もしくは、一般論とか。その言葉に、さとこちゃんが顔をしかめた。

「あー、ネットで書かれるような意見とかね」

ベビーカーが、少しだけ速く進み出す。

「あれするなこれするな、母親らしくしろ、みたいな」

それを聞いて、私はうなずく。

「そういうのって、『苦労した母親像』を求めてるよね」

昭和どころか、日本昔ばなしみたいな。そう続けると、さとこちゃんが激しく首を縦に振った。

「もうさあ！　あれだよ！　電車のベビーカー論争とか、スマホ育児とか、そういうのだよね」

こっちは毎日気をつかって過ごしてるのにさ。さとこちゃんの叫びは、そのまま私の叫びだ。電車に乗るときは空いた時間の空いた車両を選び、どうしてもスマホを使いたいときは、電車を降りてからホームの端に寄って操作する。

（本当は、電車で座れてるときにやりたいんだけど）

それもこれも、『怒られる』のが怖いから。


私たちだって、できることなら素敵なママでいたい。でも思うように進まないことの方が多いし、なにより育児に慣れてない。

「母親だから、って思われても困るよね。こっちだっていきなりママになって数ヶ月。会社だったら新人なのに」

私のつぶやきに、きみえちゃんがうなずく。

「二人目とか三人目ならともかく、第一子だもんね」

そう、今の私たちはなにからなにまで初体験の中を生きている。だから子供を死なせないだけで精一杯。正直、抱っこのやり方一つとってもこれでいいのかどうかわかっていない。

正解がわからない、手探りの日々。だからこそ余計に世間の目を気にしてしまう。

今だってそうだ。歩道が狭くなると、私たちは一列になって片側を空けて進む。ベビーカーの距離もあって、すごく話しにくい。でも正面からやってくるおじさんの三人組は、道いっぱいに広がって楽しそうに喋っている。

(私たちが同じことをしたら、絶対に『怒られる』のに)

被害妄想かもしれない。でも妊婦や子供連れに上から目線で注意してくる人が存在するのもまた事実だ。

「――なんか色々、ままならないことが多いね」

私がつぶやくと、さとこちゃんが「ママなのにね」と笑う。

そんな中、きみえちゃんが不思議そうに言った。

「ねえ。怒るのが世間だとしたら、どうして逆はないのかな」

「それってどういうこと?」

私が尋ねると、きみえちゃんはゆるくカールさせた髪を片手ではらう。

「いい方。ほめてくれる世間の声はないのかなって」

本当だ。なんで『そういう声』は怒ってばかりいるのだろう。私は考えてみた。

「たぶん――ほめてくれる人もいるんだと思う。たとえばいいニュースのスレッドだと、そういうリプライもついてるし。でも、そういうのは目立たないいんだよ」

「あー、ネットだと悪い意見の方が目立つもんね」

さとこちゃんがため息をつく。

実際、世の中ではインパクトが強いものの方が目立ってしまう。ニュースの見出しなんかもそうだ。

「でもそれって、なんだか悔しい」

私は、ベビーカーのハンドルをぎゅっと握りしめた。

「強い言葉で目立てば勝ち、なんて認めたくないな」

するときみえちゃんが、すっと横に並んでくる。

「うん。私も認めたくない。そんな世界、この子たちには見せたくないもん」

道が少し広くなったところで、さとこちゃんも隣にきた。

「じゃあさ、私たちは『ほめる世間』になろうよ。頑張ってる人や『いいね』って思う人は、じゃんじゃんほめてこう」

「わ、それすごくいいね」

私が言うと、きみえちゃんがさっそくそれを実践した。

「『世間』と戦う覚悟を決めたあつこちゃんはえらい！　そして『ほめる世間』を思いついたさとこちゃんもすごくえらい！」

にっこりと微笑まれて、私とさとこちゃんはちょっと照れた。『ほめる世間』は、すごくいい。

そこで私は、きみえちゃんに向かってお返しをする。

「そうやってすぐに行動に移せるきみえちゃんはもっとえらい！」

おおー、と全員で笑い合ったところで、目的地に到着した。


「今日は、思いっきり食べてストレス解消してね」

私が言うと、きみえちゃんは恥ずかしそうに笑う。

「——ありがと」

目当てのお店は、ここからすぐのところにあった。なのでまず私たちは道に面したファストフード店に三人で入り、きみえちゃんがみかちゃんをベビーカーごと置いて中抜けする形をとった。その方が戻ってきたときに楽だし。

「三十分くらいで戻ると思うから」

そう言って、きみえちゃんはベビーカーの中のみかちゃんの小さな手を握る。

「安心して。ちゃんと見てるし、万が一非常事態になったらお店まで行くから」

私が言うと、きみえちゃんは「うん」とうなずいた。

「それじゃ、行ってきます」

激辛タンメンの赤い汁が飛んでもいいようにと、きみえちゃんは黒いニットにブラックジーンズを着ている。普段はちょっとセレブ感のあるセットアップを着ている彼女の、本気を見た気がした。

きみえちゃんが出かけた後、さとこちゃんがさっそく立ち上がる。りょうくんが少しぐずついている。

「背中スイッチの男だから、落ち着くとすぐこうなんだよね」

「でも公園ではわりと寝てくれてるよね」

「うん。あれはね、外だから。適度な刺激があっていいんだと思う」

人間が一人一人違うことは知っていても、赤ちゃんの個人差というのは予想外の部分がある。それが睡眠という大人にすれば「当たり前」のことだと、なおさら。

「だからさ、家帰ると夜が地獄。寝ないから」

「旦那さんは」

「起きようかって言ってくれるけど、仕事的に寝不足がやばい職種だから断ってる。でも一人で三時とかに起きてると、なんかこう――『ふっ』と怖いときがあるよ」

その『怖さ』はどんな怖さだろう。単にお化けが出そうとか、世界でひとりぼっちとかそういうこと？　それとももしかして、口に出すことすら『怖い』ような感情のことだろうか。

「いつも、こうやってすぐ立たされるんだよね。だからファミレスよりファストフードが助かるんだ」

お金も先に払ってあるから、いつでも出られるでしょ。そう言われて、私はうなずく。「今」「すぐ」席を立てること、外に出られることは重要だ。

「……私は、いつもミルクが間に合わなくて泣かせちゃう」

私の娘の奈々ことなーちゃんは、睡眠に問題はない。けれど、とにかくミルクを飲む量が多い。だから母乳を飲んでいてもよく足りなくなり、慌てて追加でミルクを作る場合が多い。

「液体ミルクとかはダメなの？」

私は首を横に振る。すぐに飲ませることのできる便利なミルクの存在は知っていた。もちろんすぐに買ってみた。でも、娘は飲まなかった。

「冷たいのが、好きじゃないみたいなんだよね」

「あー、そっちかー」

だから結局お湯でミルクを作るか、液体ミルクを温めるかの二択になる。でもその作業をしている間も娘は空腹で泣き叫び、私はなかなか冷めない哺乳瓶を水に浸けながら『ふっ』とおかしくなりそうになる。

「『怖い』ね、確かに」

「うん」

たかが睡眠。たかが食事。赤ちゃん界隈の言葉でいうなら「ねんね」に「ミルク」。当たり前で、毎日すること。それがままならないと、人は少し心を病むのかもしれない。

「周りに人がいたら、なんてことないんだよ」

「そうだね」

たとえば深夜。たとえば一人の夕暮れ時。泣くだけの赤ちゃんと二人きりの部屋。それがままならなさを生む。

「今なら、笑えるもん」

立ってりょうくんを揺らすさとこちゃんに、私は自分も立ち上がって近寄った。両手を差し出す。

「座って、休んで」

「え。でも」

「みかちゃん寝てるし、うちの奈々もまだ大丈夫だから」

さとこちゃんからりょうくんを受け取ってみて、改めて自分の子供と違う感触に驚く。男の子が固いって、本当だったんだ。

くすりと笑うと、さとこちゃんが首をかしげる。

「なに」

「ううん。あとで奈々を抱っこしてくれたらわかるよ」


きみえちゃんは、二十分ほどで戻ってきた。

「もっとゆっくりしていいのに」

辛いものを食べたせいか顔に汗をかき、目がパッと開いている。こういう状態をなんていうかわからないけど、生き生きして見えた。

「いいの。十分満足した！」

言いながら、きみえちゃんは事前に注文して置いてあったアイスティーのカップを手に取ると、ストローごと蓋を外して立ったまま一気に飲み干す。

「うわ。なにそのイケメン感」

黒いニットに細身のブラックジーンズを着たきみえちゃんは、タンメンのために髪も後ろでひとつにまとめていた。そのせいか、少しだけボーイッシュに見える。

「イケメンって、麺食べてきたから？」

あ、それじゃメンクイか。ふふふと笑ったきみえちゃんは、確かにイケメンだった。


さとこちゃんの求めるものは特定のお店じゃなくて「時間」。アルコールを飲んでから二時間を確保する必要があった。

「二時間見てもらうのは悪いし、後半は酔いも覚めてると思うから、自分で面倒見られると思う。でももし私が危なそうだったら、教えて欲しいんだ」

この場合はとにかく安全に時間を潰すことが第一。そう考えた私たちは、デパートを選んだ。レストラン街にビヤホールの支店やイタリアンバルがあってさとこちゃんも好きなお店に入れるし、待っている側にはベビールームや屋上もある。

とりあえずベビーグッズを売っている階に来て、キッズスペースに陣取った。平日の午前中ならまだ激しく動き回る幼稚園の子も来ないし、乳児連れの私たちも安心して座っていられる。

「焼き鳥屋とか、そういうお店の好みはなかったの？」

きみえちゃんの質問に、さとこちゃんはぐっと親指を立てた。

「私はどこでも、おいしく飲む自信があるよ！」

いや、だからなんでそこでイケメン感が出るのか。まあ、さとこちゃんの場合はイケメンというより男前と表現した方がぴったりくるのだけど。

さとこちゃんが上の階に行くと、私はきみえちゃんにベビーカーを見てもらって、りょうくんをエルゴに入れた。

「慣れない匂いで泣いちゃうかな」

言いながら、クッションの敷かれた一角をゆっくりと歩いてみる。よかった。機嫌が良さそうだ。

「りょうくんはきっと、早く世界を知りたいんだね」

きみえちゃんが微笑む。

「今は大変だけど、この先きっと楽しいだろうなあ」

そう言って、みかちゃんを見つめる。今日はすごく可愛い柄のケットを小さな手に握りしめていて、それがよく似合っていた。

（みかちゃんは、祝福された赤ちゃんって感じがする）

私たちは、互いの経済状況をそこまでよく知らない。ただなんとなく、洋服や持ち物からきみえちゃんの家が裕福かも、とは思っている。しかもきみえちゃんはとても綺麗で、みかちゃんも明らかにその系統の顔立ちをしているのだ。ちょっと、羨《うらや》ましい。

なのに、きみえちゃんがぽつりと言った。

「りょうくんもなーちゃんも、いいなあ」

「え？　なんで？」

「こうやって知らないところでも、連れてこられるでしょ」

でも、みかちゃんもここにいるし、泣いたりぐずったりしてないよね。私が言うと、きみえちゃんは首を横に振る。

「みかは、慣れない場所が本当に駄目みたい。一見なんでもない感じだけど――そのケット、取ろうとしてみて」

「これ？」

私はみかちゃんのベビーカーにかがみこんで、「ごめんね、ちょっとおててさわるね」と言いながら細い指を開こうとした。けれど。

開かない。指を、がちがちに握りこんでいる。

「え……？」

「手だけじゃないの。足も触ってみて」

言われるがままにそのケットの端をめくり、小さな小さな足を見た。ぴんと伸びている。

（赤ちゃんって、いつもぐにゃぐにゃしてるんだと思ってた）

少なくとも娘とりょうくんは、ぐにゃっとしていた。でもみかちゃんは全体的にかちっとしている。

「みかは、すごく緊張するタイプみたいなの。最初は病気かと思ってお医者さんにも相談したんだけど、これは個性の範疇ですねって言われて。確かに家の中だと、他の子みたいにぐにゃっとしてるから。でも少しでも知らない場所に行くと、いつもこうなるの」

「え。じゃあもしかして、無理させちゃってたり――」

「ううん。むしろ助かってるの。あつこちゃんとなーちゃん、さとこちゃんとりょうくんがいてくれるおかげで、慣れた雰囲気のまま移動できてるから」

これでも、私一人の時よりはマシなんだよ。きみえちゃんは苦笑した。

「二人だけで知らない場所に行くときなんか、固まり具合がもっとひどいの。それで家に着いた途端、リラックスしておむつが溢れたり」

ごめんね、汚い話で。そう言ってきみえちゃんは下を向いた。

「——娘ってわかったときから、一緒にお出かけするのが楽しみだったんだけどなあ」

みかちゃんは、物静かでお世話の楽な子供だと勝手に思い込んでいた。それがまさか、ただ緊張しているだけだったとは。

そこで私は、娘のミルク問題の話をする。

「だからね、すっごく飲むから、すっごく出るの。それもたまに下痢しちゃって。私も不安になってお医者さんに聞いたら、この子は食欲に消化が追いついていないだけですよって言われて」

こっちこそ汚くてごめんね。そう言うと、きみえちゃんはふふふと笑った。

「みんな、いろいろあるんだね」

「だね」

二人で笑い合う。ままならなさは、人それぞれだ。

さとこちゃんは、三十分きっかりで戻ってきた。

「ありがとー！　すっごくおいしかった」

「どういうメニューにしたの？」

きみえちゃんの質問に、さとこちゃんは「ビールで串もの」とジョッキを持つ仕草をしてみせる。

「最近、りょうも首がすわって手もめちゃめちゃ動かすようになってきたから、串や楊枝が危なくて家では使ってなかったんだ。だから串カツと、あと鉄板に載った山芋焼きも食べてきた」

「ああ、鉄板も手を伸ばされたら危ないもんね」

五ヶ月を過ぎると、乳児といえども少しずつ動きが活発になってくる。そして物をつかんだりする動きが増えると、同時に怪我の危険性がぐっと高まる。これからお座り、つかまり立ちと進むにつれ、テーブルの上に出せないものが増えていく。

さらに、ままならない方向へと。

「お待たせしました！」

私の番になったとき、さとこちゃんはにこやかにそう言った。

「でも、本当にこんな近所でいいの？」

きみえちゃんの質問に、私はうなずく。

私達がいるのは、住んでいる地域の駅から一駅だけ隣。ここはほどよいサイズの駅ビルと、駅前に何軒か喫茶店があるので選択肢が豊富だ。

「私ね、ここのケーキが食べたいとかのこだわりはないんだ。ただ、ゆっくり本読んでお茶したいだけで」

そう言うと、二人は深くうなずいた。

「本……読めないね」

赤ちゃんは、いろいろなことに興味を示す。特に手の届きやすい、お母さんの顔周りにあるものに。たとえば髪。眼鏡。アクセサリー。そして顔の近くに寄せる本も。

「説明書読もうとしてるとき、抱っこしてるりょうの手から遠ざけるのが難しすぎて」

「わかる。私はよくみかに母子手帳をはたき落とされてるもん」

そんな状態だから、読めたとしても内容が頭に入りにくい。

「だからリハビリとして、今日は読みやすいエッセイを持ってきてみました！」

私がバッグから文庫本を取り出すと、二人が「おー」と拍手をしてくれた。

「で、そこのお店に行こうと思いまーす」

私は駅ビルから見えるところにある、小さなカフェを指差す。けれどすぐにそこへは向かわず、三人で駅ビルの中にあるファストフード店的なベーカリーカフェに入った。

きみえちゃんのときに学んだことだけど、それぞれにベビーカーがある場合はこうしてベースとなる場所を決めてしまった方が行動が楽だった。

お店の迷惑にならないように、私も紅茶を注文して持ち帰れるようなパンも買っておく。

「じゃあ、行ってくるね」

奈々のために用意したぬるめのミルクを二人に託して、私は歩き出す。その瞬間、なぜかものすごく心もとない気分に襲われた。ものすごく大事なものを忘れたような。

（奈々だ）

生まれてから、ほぼずっと行動を共にしている娘。エルゴで体にくっついているときは文字通りの一心同体だった。それが、いない。

（なんか、すかすかしてる）

いつも片手がふさがって、ほとんどのことを残りの片手でやらなければいけない生活。なのに今は、軽いバッグがぶら下がっているだけだ。

私は思わず、駅ビルを振り返る。まだほんの数十メートル離れただけ。寂しいとかじゃない。なにか、自分の一部を忘れてきたようなそんな変な感じ。

（今は、忘れよう）

目指すのは、無印っぽい白木のイメージで統一されたカフェ。

「いらっしゃいませ。お好きなお席にどうぞ」

そう言われて、ものすごく驚いた。最近はお店に入った瞬間に「お子様用の椅子は必要ですか」とか「ベビーカーが置けるのはこちらの席になります」とかの会話しかなかったから。

「じゃあ、ここにします」

私はここぞとばかりに、乳児どころか幼稚園児連れでも難しそうな、高めの椅子と小さなテーブルの席を選んだ。そしてネットで調べておいた、簡単なアフタヌーンティーセットを注文する。

「ごゆっくりお過ごしください」

目の前に、紅茶のポットとカップが置かれる。紅茶の蒸らし時間を計るための砂時計。砂糖とミルク。それから小さいサイズのケーキが二種類。取り皿。フォークとティースプーン。小さなテーブルの上は、華奢《きやしや》で壊れやすいもので一杯になった。

（奈々がいたら、絶対無理だな）

熱いポットやフォークは危ないし、砂時計はおもちゃだと思って握りしめるかもしれない。

（幼稚園——年長さんくらいになったら、一緒にお茶できるのかな）

それって何年後？　ふと考えて、がっくりした。六年って。先の話すぎる。

（いやいや、今はこの貴重な時間を楽しまなくちゃ）

紅茶とミルクをカップに注ぎ、まずは大好きなショートケーキを見つめる。ミニサイズだけどちゃんとイチゴが載っていて、おいしそう。ショートケーキ自体は週末に夫が買ってきてくれたりして食べてはいたけど、こんな風に落ち着いた状態で食べるのは久しぶりだ。

華奢なフォークを手に取り、角をそっとけずりとって口に運ぶ。しっとりしていて、すごくおいしい。生クリームのこってりとした味と、イチゴの酸味。このお店は生クリームにバニラの粒を入れているみたいで、香りもすごくいい。そしてミルクティーをひとくち。

「ああ……」

思わず、ため息がもれた。きちんと淹《い》れた濃いめの紅茶を飲んだのは、いつぶりだろう。実家の母が来てくれたときもティーバッグだった気がするし、もしかしたら妊娠前かも。次にチョコレートケーキをぱくり。このコク。この苦味。チョコレートって、こんなにおいしかったっけ。

文庫本を取り出して、ページをめくる。そう、この時間。これに飢えていたのだ。文字がゆっくりと頭に入ってくる。自分とは違う、本の中の時間が流れ出す。なのに。

（奈々、大丈夫かな）

頭の端っこに、ちらりと考えがよぎる。それを振り払うように、私はページをめくる。うん。エッセイだけど旅行記でもあるので、私も北欧を旅しているような気分になれる。なのに。

（ミルク、あの量で足りたかな）

お腹減って泣いたらかわいそうだな。それに二人にも悪いし。

（だーかーらー！）

悪いというなら、せっかく奈々を見てもらっているのに楽しめない方が悪い。そう思って字を追うものの、北欧の景色の中にちらちらと奈々の影がよぎる。

（——もう！）

振り払おうとしても、忘れようとしても、無理だった。今だけ、ほんの十分、と思ってみても難しかった。

——ままならない。

せっかく二人に作ってもらった時間を無駄にしているようで、私は少し落ち込む。と同時になんだか急にくやしい気持ちになって、やけ食いのような勢いでケーキを食べはじめた。甘くて濃くておいしい。おいしいけど、おいしいんだけど。さらに紅茶のおかわりをしてポットを空にし、店を出る。入ってから、二十五分後だった。

ベーカリーカフェに戻ると、二人がにやにやとした表情で待っている。

「どうだった？」

「ゆっくり読めた？」

そんな二人に向かって、私は文庫本を突き出す。

「すごい勢いでケーキセット食べて、本は一ページしか読めませんでした！」

さとこちゃんときみえちゃんは、つかの間互いの顔を見合わせた。そして、次の瞬間爆笑する。

「やっぱり、ほらやっぱり」

「だよねえ。あつこちゃん、一番真面目そうだし」

「なにそれ」

私が頰を膨らませると、きみえちゃんが笑いをこらえながら言った。

「私もそうだったんだよ」

「え？」

「激辛タンメン、おいしかったけどすごい勢いで食べて出てきたの。おかげでむせて大変だった。本当は残った汁にご飯入れるとか、激辛の後に甘々のドリンク飲むとかしたかったんだけど」

その言葉に、さとこちゃんが「私もだよ」と声を上げる。

「ビールを半分飲んだくらいで、なんか落ち着かなくなって注文したものが早く来ないかなってじりじりしちゃってさ。で、熱々の山芋鉄板焼きを一気喰い。口の中やけどしたわ」

ああ、だから二人とも妙に勢いづいた感じだったのか。あれは、「やりきって満足」というより「片づけて出てきた！」の迫力。

「――やっぱり、気になるよね」

私が奈々のことを見つめると、二人は苦笑いを浮かべながらうなずいた。

「なんかね、頭のどっかにずっとあって」

きみえちゃんがみかちゃんを抱き上げる。今日も手はガーゼハンカチを握っているけど、足はそこまでぴんとしていない。

「自分だけの楽しみが、うまく楽しめないってなんだかなあ」

こいつめ。さとこちゃんがりょうくんの鼻先を軽くつつく。

「そんな話をしてたら、あつこちゃんがすごい早足で戻ってくるんだもん」

笑っちゃった。きみえちゃんが再びくくくと声を上げる。

「しかもその勢いのまま『読めませんでした！』って。いさぎよすぎて妙にかっこいいし」

「ホント。少年マンガの主人公みたいだったよ」

二人の言葉に、私はちょっと照れくさくなった。

「私、あつこちゃんのこんな元気な感じ、初めて見たかも」

きみえちゃんが注文しておいた紅茶を手渡してくれた。私はそれをぐいっと飲み干す。

「あ。紅茶被っちゃった」

今日、三杯目だわ。そうつぶやくと、二人はもう一度笑った。そんな雰囲気が楽しかったのか、ベビーカーの中の奈々がぱたぱたと手を動かす。

結局、三大欲求のひとつを満たすための互助会はそれっきりで終わった。どうしても子供のことが気になって、存分に楽しむことができなかったからだ。

でもそのかわり、私たちは違う形でそれぞれの欲求をかなえることにした。

まず、きみえちゃんは激辛タンメンのカップ麺をいつもの公園に持ってきた。

「んー。やっぱりお店のとはちょっと違うなあ」

そう言いながらも真っ赤なスープを残さず飲んで、さとこちゃんと私を驚かせた。

以後、きみえちゃんは激辛カップ麺の新作が出るたびにこれを繰り返すことになる。

さとこちゃんは単純に、缶ビールを持ってきた。

「一応、見栄えに問題があるかなと思って」

そう言いつつ保冷機能のあるスリーブを缶にかぶせていたけど、きみえちゃんと私は「いかに美味しく飲むか、の問題だよね」と囁いていた。

私はといえば、昔からずっと憧れていた籐のバスケットを買って、それに紅茶とお菓子を詰めて公園に持ってきた。

「あつこちゃんのだけは、みんなで楽しめるね」

お菓子を持ち回りにして、公園でティーパーティーを楽しむ。季節が進んで暖かくなってきたら、ピクニックシートを持って芝生のある公園で。文庫本は読めなかったけど、絵本の読み聞かせをみんなでやってみたりした。

秋には近所のハロウィンイベント、冬にはクリスマス会。その頃にはお互いの家の行き来もはじめたので、さらに自由度は高まった。ウーバーイーツで激辛タンメンを頼み、さとこちゃんはワインを持ち込む。私は食後のお茶とデザートを用意したりして。

それはそれで楽しかったけど、普段の食に関していえば、私たちはその後もずっとままならないままだった。さとこちゃんが心配していた通り、離乳食が始まると一気に手間とストレスが増えたのだ。

それまではミルクさえあげていればよかったのに、ちまちまとした調理を強いられ、しかもそれを食べてくれるとは限らない。もちろん、食べてくれればものすごく嬉しいけど、口から出されたり嫌な顔をされたりすると軽く落ち込む。さらに自分が作ったものを捨てるというのは実に嫌な気分になるもので、私はいつまでたってもそれに慣れることができなかった。

そんなとき、私は『ごじょ』のLINEを開いた。

『今日もダメだった～』と愚痴を書き込むと、二人からそれぞれリプライが送られてくる。きみえちゃんからはぶちまけられたおかゆの写真と『泣』マークのスタンプに、さとこちゃんからは『王子、かぼちゃ不可』の文字。

『ダメでもトライしてえらい！』や『作っただけすごい！』のメッセージが並ぶ。『ほめる世間』活動は、今も密やかに続いている。

そして私たちは、ままならない食卓をそんな風に分け合いながらいくつもの日々を越えてきた。

そんなこんなも、今はもう「少し前の思い出」になってしまった。

子供が成長するにつれてそれぞれ違う習い事やプレ幼稚園が始まり、今はみんな別々の幼稚園に通っている。

きみえちゃんは大学までつながった私立の女子校の幼稚舎を選び、さとこちゃんは預かり保育の充実した園を選んで職場復帰した。私はといえば家から近い園を選んで、奈々が小学校に入ったら仕事に復帰しようと考えている。

幸いなことに奈々は食べることに興味のある子供で、離乳食の日々はあまり長く続かなかった。おかげで園に持たせるお弁当にもあまり制約はなく、週に一度の給食も問題なく食べている。

でも興味がありすぎるのも問題だった。

今、私はすべての「おいしいもの」を奪われている。

たとえば天ぷらそばに一本しか入っていないエビ天。カルボナーラのベーコン。お寿司のイクラとマグロ。

「ねえママ、それ食べたい」

そう言われてしまうと、なんとなく断れない。というか断ったら大人気ない感じがする。夫がいれば「パパからもらってよ」とか言えるけど、二人の場合は逃げ場がない。そしてなし崩し的にリクエストに応えた私は、エビ天不在の天ぷらそばやご飯だけの握りなんかを粛々と食べる羽目になる。

それが一番顕著になるのが、お茶の時間だ。

最近、奈々はすごくお姉さんになってきた。会話のキャッチボールもできるし、お行儀よく振る舞うこともできる。そしてそうほめられることが嬉しいらしく、大人っぽいことを言ってみたりする。

「ねえママ、あそこのカフェでお茶していかない？」

最初に言われたときはびっくりしたけど、どうやらいつも見ているアニメの中でそんなシーンがあったようだ。

(ついにこの日が)

娘とカフェでお茶できるなんて。感動する私を尻目に、娘はいつものように言った。

「ねえママ、ショートケーキの上のイチゴ食べたい」

「ええ？　だって奈々も同じもの食べたでしょう」

お皿の上には、イチゴだけ食べられたケーキが無残な形で残っている。幼稚園児の胃は小さいから、まだケーキを一つ食べきれないのだ。なのに、さらにこっちのイチゴを欲しがっている。

「だってなーちゃんは、イチゴがせかいでいちばんおいしいとおもうんだよ？」

そうだね。世界で一番おいしいものは、食べたいよね。

「もう、しょうがないなあ」

そう言って私は自分のケーキを奈々に差し出す。

相変わらず、ままならない食卓だ。

そして奈々が食べている間にスマホを取り出し、LINEを開く。

『おいしいとこだけ食べられるんだけど』と崩れたケーキの写真を撮って送ると、就業時間のはずなのにさとこちゃんからすぐに返信がきた。

『おいしいところあげて、えらいじゃん』

そして数分後にきみえちゃんからも。

『あつこちゃん、それすごくえらい。私は取られるの嫌だから、何も載ってないチーズケーキばっかり頼みがち』

それを見て、つい笑みが漏れる。

「ママ、どうしたの?」

奈々に聞かれて、私は「お友達がほめてくれたんだよ」と答える。

「そうなんだ。いいねー」

そう言いながら、奈々が細い腕を私に伸ばす。そして私の頭に到達したところで、優しく左右に動かす。

「ママは、えらいんだね」

「――え？」

「だってほめてくれたってことは、いいことをしたんでしょ？　それって、えらいでしょ？」

だから、なでなでしてあげる。そう言われて、不意に鼻のあたりがじわっと熱くなる。奈々の中には、いつの間にか『ほめる世間』が育っている。

「――ありがとね」

カフェで泣くわけにもいかず、私は涙をぐっとこらえる。

イチゴなんかいくらでもあげる。エビ天でも一個しかないウズラの卵でも、なんでも食べていい。だからこのまま、今のあなたのままでまっすぐに育ってほしい。

そんな思いに駆られていると、続けてＬＩＮＥの着信があった。見ると、さとこちゃんからだ。

『そういえばこないだ、仕事相手の店の人から聞いたんだけど。その人はさ、いいことがあったらショートケーキに「追いイチゴ」するんだって』

追いイチゴ。見慣れない言葉に首をかしげていると、きみえちゃんが『それ、イチゴを後載せするってこと？』と質問した。ああ、追い鰹《がつお》的なことか。

『そうそう。イチゴ一パック買って、好きなだけ載せたり挟んだりして、一人イチゴ祭りにするんだって。それ、なーちゃんとやってみたら？』

それを見た瞬間、目の前がパッと開けた気がした。そうか。そもそもショートケーキの上のイチゴは、ひとつじゃなくてもいいんだ。

白いクリームに浮かぶ真っ赤なイチゴは特別で大切な感じがしていたけど、大切なものはいくつあったっていい。数が増えたって、大切さは目減りしない。

（うん）

私が『いいね』のスタンプを複数送ると、きみえちゃんも『追い「いいね」だ〜』と笑顔のスタンプをいくつも上げてきた。

私は奈々に向き直ると、お皿に残ったクリームとスポンジを食べ始める。イチゴの香りがほんのりと残っていて、それなりにおいしい。

「奈々、今度おうちでイチゴたっぷりのケーキ作ろうか」

そう言うと、奈々は心から驚いたように「えー!?」と声を上げる。

「そんなこと、できるの!?」

「お店のよりは、上手じゃないかもしれないけど」

私はお菓子作りは得意じゃない。だから市販のスポンジを買うことと、生クリームを泡立てることくらいしかできないかもしれない。
でも、あなたのために溢れるくらいイチゴを載せることはできるよ。
ママになったからね。

騎士と狩人

Shortcake

Tsukasa Sakaki

ショートケーキって、女の子みたいだなって思う。

白を基調にワンポイントの赤が効いてて、甘くてふわふわでいい匂い。綺麗な服を着て、にこにこ笑って座ってる。そんなイメージ。誰からも愛されて、いつでも人気者。たとえちょっと生クリームの質が悪くても、イチゴの鮮度が落ちてても、ショートケーキってだけでそれなりに食べられてしまう。そしてどんなに高級なケーキが並んでても、「結局これだよね」って感じになる。

いわば、選ばれるのが当然な存在。

それが俺は、心の底から羨ましい。

「央介《おうすけ》」

なんかほら、見てるとわかる。お腹いっぱいになって、でもちょっと食べたいなってとき、並んだデザートから小ぶりなショートケーキを選ぶ奴の多いこと。ゼリーとかアイスとか、ほぼ液体みたいなものもあるのに、なぜかショートケーキ。それって、「シメのラーメン」とほぼ同じ感じなんじゃないかな。腹の空き具合じゃなくて、なんか気持ちのどっかが求めてるっていうか。

「おっくん」

ビュッフェって、本当に人の好みがわかる。メニューで注文してたら見えないはずの他人の食べ物が、目の前で取り分けられて減っていく。一番人気はとにかく肉で、その後も肉、肉、たまに魚。合いの手は炭水化物で、野菜は申し訳程度。でもって白飯とちょいがけカレーやちょこっとラーメンは別腹。そしてデザートは、やっぱりイチゴの載ったショートケーキ。杏仁豆腐やソフトクリーム派もいるっちゃいるけど、最後にコーヒー飲むならやっぱりケーキだよな。

「おーちゃん」

三回めにして、俺はようやく顔を正面に向ける。

「名前の三段活用、やめろって」

「央介が返事しないからだよ」

だからって保育園時代の「おーちゃん」はないだろ。俺が文句を言うと、光春《みつはる》は深層心理に訴えかけてるわけよ」とテーブルの上で両手を組んだ。わざと深刻そうな表情をして、いやそれシン・ゴジラとかエヴァの作戦会議の真似してるだけだし。

「なんていうの？　俺とお前のこの長い道のりでさ、最初の出会いワードなわけじゃん。あと、央介の母ちゃんが『おーちゃん』呼びだったからさ、余計に幼少期の思い出が蘇ったり」

「蘇って、なんになるんだよ」

「『はっ』とするじゃん。名前を呼ぶっていうのは、なんだっけ——、ココロ、じゃなくて……」

「言霊、だろ」

「あっ、そうそう。コトダマ、コトダマ！」

光春は嬉しそうに笑って、目の前のグラスを手に取る。レモンがぎゅうぎゅうに詰め込まれたコーラ。光春は、レモンの置いてあるビュッフェだといつもこれを作ってくる。

「やっぱ中二病っぽい言葉は央介のが得意だなあ」

「馬鹿にしてんのかよ。ていうか、もともとなんの話だよ」

「ん？　いや別に、これといったことじゃないんだけどさあ」

光春は再び両手をわざとらしく組む。

「クリスマスプレゼント、何が欲しい？」

いやそれかい。

「まだ三ヶ月くらい先の話だろ」

「いいじゃん。用意とかいるかもしれないし」

光春と俺は、同じ集合住宅で育って同じ学校に行った幼なじみだ。性別が違ったら青春系のマンガそのものみたいな設定だけど、男同士だからただの腐れ縁。母親たちが区の幼児教室で知り合ったのがきっかけらしく、お互いに預けられまくって育ったから、もはや光春の家の食卓は俺の食卓であり、うちの食卓は光春の食卓でもある。

だってなにしろ、二軒挟んで同じ階に住んでるんだから。

「プレゼント、ねえ」

生まれてからずっと続いている習慣として、クリスマスのプレゼント交換がある。誕生日会はさすがに恥ずかしくてやめたけど、これだけはなぜかなんとなく継続されてしまった。親を介さないで済むからとか、プレゼントのウケ狙いを考えるのが面白かったとか、理由はなんとなく色々あって。

でもまあ、光春も俺も、クリスマスを共に過ごすような相手がいなかったっていうのが一番の理由かもなんだけど、そこはちょっと触れないでおこう、みたいな。

(彼女がいたことはあるんだよ)

ただ、クリスマスよりずっと前にフラれただけで。光春にいたっては、大晦日から付き合い出して次の年のクリスマス直前に別れるというエグい話もあったっけ。

別にクリスマスを一緒に過ごそうってことじゃないから、それぞれ他の友達に誘われてクリスマスパーティーや飲み会に行くこともある。そんなときは、今みたいに食べ放題の焼肉屋やファミレスとかでダラダラしながらプレゼント交換をする。互いの家でやるのはあまりにも「日常」だから、交換場所はとにかく外にしようと言い出したのは光春だったか俺だったか。

とはいえ食べ放題でだらだらするのはほぼ毎月やってるわけだけど。

「暇すぎる」

「ん?」

もうすぐ三十の男が二人で食べ放題って、しかもそれがほぼ家族みたいな幼なじみとかって。悪くはないけど、ちょっとどうなんだっていう。

「央介、最近ハマってるゲームとかなかったっけ」

「ソシャゲは課金つらくてやめた。オンラインはまだやってるよ」

「あー、『アイランドクロニクル』」

通称『アイクロ』。騎士となって孤島を探索し、隠された王の秘宝を勝ち取るゲームだ。秘宝にたどり着くまでが長いので、だらだらチームでだべりたい奴に向いてる。

「俺は一回やめたけどさ、社会人になって良さがわかったからまた始めたよ」

光春の言葉に俺は「だろ?」と返す。

「うん。仕事終わって帰ってきて、寝る前にちょっとやるのにちょうどいいんだよな」

「適当なメンバーと適当な会話、っていうのがな」

一言でいうと、気楽。ハンドルネームだけ知っていて、顔が見えないパーティーのメンバーは、風呂上がりに喋るのに最適な相手なのだ。Ｓｉｒｉみたいなｂｏｔじゃ味気ないし、でも現実の知り合いとＬＩＮＥをするのは面倒、みたいなときに向いている。

それはそれとして。

「——嫁に行きてえ」

俺がつぶやくと、光春が「出たそれ」と笑う。

先に言っておくけど、俺は別に女子になりたいわけじゃない。女子を馬鹿にしてるつもりもない。ただ、人生の重要事項を決めるのが心から苦手なのだ。

「……昭和に生まれたかったし」

親に決められた仕事に就き、決められた相手と見合いをして、決められたレールの上を何も考えずに進みたかった。

「央介、朝ドラヒロイン向きだよな」

光春の言葉に、俺は心からうなずく。俺は、配偶者の言いなりになることになんの問題も感じない。自由もいらないし、自立もいらない。なんなら戦時中の日本でも、そこそこうまくやる自信がある。とはいえ人が死ぬのは嫌だから、やっぱ戦時中より戦前かな。最&高で楽すぎる。

「みんな、どうやって色々決めてんだろうな」

「央介だって学校決めたり、就職決めたりはしてんじゃん」

「そこは消去法だったの知ってるだろ」

「あー、近くて楽で無理しないで入れるところ」

特にやりたいこともなく、将来への夢もないんだから、選ぶ基準は自動的にそうなる。ていうか、やりたいことって万人に見つかるもんじゃなかったんだなっていう。

「ま、俺も似たようなもんだけど」

光春とは高校まで一緒だった。けれど光春は食べることが好きだったから、食材の卸しを扱う会社に入った。

「選ぶのなんか、食べ放題のメニューだけで十分なんだよ」

「その受け身感、ある意味すごいよな」

ちなみに嫁に行く相手は誰でもいいわけ？　と聞かれて俺はうなずく。

「好みってのもあんまないんだよ。選択する意思の強さがあれば、もうそれで」

「すげえ」

光春は噴き出しそうになるのをこらえながら、くくくと声をもらす。

「じゃあプレゼントで欲しいのは王子様のプロポーズ、じゃなくて王女様からの告白だな。いや、王女様じゃ養ってくれなさそうだから、『アイクロ』に出てくるみたいな女騎士か」

「あー、女騎士、いいな」

強くて格好良くて、俺をぐいぐい引っ張っていってくれる女騎士。そんな相手に、心から出会いたい。

「でもまあ、光春は女騎士じゃないからプレゼントは五億で」

「なんだよ、それ」

いつも三千円くらいじゃん。そう言われて、俺はため息をつく。

「もうさ、ぱっと欲しいもんが思いつかないんだよ」

「じゃあじっくり考えたらよくない？」

「じっくり考えても同じ。三十手前のおっさんだし、無趣味だし」

「そうかなあ。俺はけっこうあるけどなあ。新作のゲームとか」

つか三十手前って、まだ二十八じゃん？　光春はストローでレモンをがしがし潰すと、いかにも酸っぱそうなコーラをずごごと吸い込む。

あと二年で三十歳。大学を出て就職もできたけど、給料が安すぎて将来がまったく見えない。でも五億くらいあれば、まあなんとかなるかと思って。

ただ、五億あっても手に入らないものはある。当たり前の話だけど。


いつも眉間に皺が寄っている。声が低い。貧血なのか低血圧なのか、午前中は特に顔色が悪い。

（機嫌悪そう）

それが第一印象だった。

「キハラさん、ちょっと」

だから呼ばれたときはあせった。

「あ、はい。なんでしょう」

たぶん、年上。それもわりと近いはず。なのに迫力っていうか、人生経験が違う感じがしてつい敬語になってしまう。

（高卒で入社、って聞いた気がする）

だとしたら自分よりずっと先輩なわけだし。そんな経理の人は、俺に紙を突き出す。

「昨日出してもらった領収証、『お品代』になってたんだけど」

「え？」

「店名からどんな店かわからないのは、お品代だと困るんだよね」

提出した領収証を見せられて、俺は首を捻《ひね》る。お土産だった気はするけど、何の代金なのか、ぱっと思い出せない。でも値段が四千円台だし、自分のお金でいいですとも言えない。

「すいません。ちょっとわからないんで、調べてきます」

むっつりとした表情でうなずかれて、俺はその場をそそくさと離れた。

「大丈夫？」

隣のデスクの女子に言われて、俺は「ああ、うん」と適当なあいづちを打つ。

「経理さん、ちょっと怖くないです？」

私もこの間怒られちゃって、と小声で言う。

俺のいる会社は、小さな建材メーカーだ。社員は全部合わせても十五人で、たまにアルバイトの学生やパートさんが入る程度。ブラックってほどじゃないけど給料は安くて、でも社長をはじめとする上の人も潤ってる感じはしないから、まあ会社全体として儲かってないんだと思う。

そのせいなのかどうかはわからないけど、うちの経理は厳しい。適当な領収証は、まず通してくれない。それでも、二人いるうちの一人は当たりが柔らかいからまだマシだ。さっきの人は見た目からして怖い上、細かいところまで追及してくるから、陰では個人名を呼ばれず「経理さん」と呼ばれて恐れられている。

「——ちゃんとしてるんですよ、きっと」

そう思っているわけじゃないけど、中立を保つために言っておく。実際俺も怖いけど、ここで同調してしまうと狭い人間関係が面倒くさくなるからだ。

「……ですよね〜」

言外の意見を理解したように、女子が会話を終了させる。

人並みにモテたいような部分もある。でも中学や高校の頃から、「告白したらとりあえずOKはもらえる。でもつきあったらフラれる」という人格否定パターンが重なったため、自分から行く気をなくしてしまったのだ。さらに職場ではそういうのはちょっと、という気持ちもある。

(ずっとここにいるって決めたわけでもないし)

もともと俺は、この会社に入りたいわけじゃなかった。家からわりと近くて、正社員になれて、雰囲気が悪くなければどこでもよかった。

ただまあ、家の話を聞くのは嫌いじゃなかった。特に注文住宅を建てる施主さん相手の話は面白い。こういう部屋が欲しいとか、こういう動線を作りたいとか、そういう場面に加わることができると、案外楽しかった。なぜなら能動的じゃない俺は家にいる時間も多く、でも自分の家には満足していなかったからだ。

古い集合住宅を全てリフォームするほどの余裕は我が家にはなく、俺も一人暮らしをしたところで広い部屋に住めるわけでもない。東京に生まれたことを有利だと言われることもあるけど、賃料が高くて実家から出にくいっていうのは東京あるあるじゃないかと思う。

（交通的に地の利がいい、ってのもなあ）

引っ越してここより不便でここより狭くなるなら、引っ越す意味がなくない？　と俺の中の女子が言う。あ、もういちど言うけど、俺は別に女子になりたいわけじゃない。でも、あるじゃんこういうの。女の人でも漢気《おとこぎ》とか、「俺」とか言いたくなる瞬間があるように、男の中にも女子は出没する。

領収証の日付を確認して、仕事のスケジュールと照らし合わせてみる。

（あ）

その日は、まさに施主さんとの打ち合わせ。その手土産を買ったんだった。そこで俺はその店のウェブサイトをプリントアウトして、領収証とともに経理さんのところに持っていった。

「すいません。これ施主さんへの手土産でした」

「ああそう。でもうちから施主さんに四千円って、ちょっと多くない？」

言われて、ちょっと言葉に詰まった。確かに、手土産にしてはやり過ぎていたのだ。通常は工務店さんとか、窓口になるハウスメーカーさんがそういう役割を担う。うちみたいな建材メーカーは、メインの話し相手じゃないからだ。

「――でも、この施主さんはすごく生き物が好きな方で」

「生き物？」

経理さんは、意味がわからない、という表情を浮かべる。眉間の皺が深くなって怖い。

「熱帯魚がお好きで、だから棚とか床とかをとにかく丈夫な素材にしたいっていう話で」

「丈夫――」

経理さんは軽く首をかしげる。

「あの、水槽って水が入りますよね。それって、大きい水槽だと一トンとかになることがあるんです」

「ああ、そういうこと」

「だからうちともすごく話をしていて、だから」

だからだからって、子供か。心の中でツッコミを入れながら俺は喋る。

「いいお客さんになって下さると思ったので、おいしいケーキを選んでしまったというか」

「おいしいケーキ——」

正当性のある理由じゃないかもしれない。却下されるかな。そう思っていると、経理さんが眉間に皺を寄せたまま小さな声でつぶやく。

「……一個九百円って、どんなケーキ？」

「えっ？」

思わず聞き返すと、経理さんははっとしたように首を横に振る。

「あ、いえ。別にそれはわからなくても大丈夫です。すみません」

経理さんはちょっと慌てたのか、右手をマウスにぶつけてデスクから落としてしまう。それを拾おうとして体をかがめると、シャツ越しに細い背骨が浮き上がった。

何か見てはいけないものを見てしまったような気持ちになって、俺は余計な一言をつけ加えてしまう。

「あの、ショートケーキでした」

経理さんは体を起こすと、俺を見上げる。

「ショートケーキ……」

「はい。近くの美味しいケーキ屋を検索したら、そこが出てきたんです。名物がショートケーキって」

俺はプリントアウトした紙の下の方を指差す。そこには『贅沢！　独り占めショートケーキ』の文字が。

「これは——ホールケーキのミニサイズってこと？」

「はい」

円形のスポンジを重ねて、ホールケーキ風にデコレーションしてあるだけだから、味は普通のカットケーキと同じだと思う。でも見た目が、可愛かった。

「ショートケーキなら、誰でも好きだと思いまして……」

ものすごい言い訳感。けれど経理さんは、なぜか俺の言葉にうなずく。

「ああ、まあそうかもしれませんね」

じゃあこれは預かります。お手数かけました。そう言われて、俺は拍子抜けしたような気分のまま自分の席に戻った。

翌日、再び経理さんに目が向くことになった。というかそこにいる全員が、そっちを見ざるを得なかった。

「なんであなたはそう、融通が利かないのかなあ」

年配の社員が、経理さんに向かって苛《いら》だたしそうな声を上げていたのだ。うちの会社は狭いから、こういうときすべてが筒抜けになる。密室化しないのはいいことだと思うけど、全体がピリついてどうにもできない。

とはいえじっと見ているのも角が立つので、皆、一瞬だけ顔を上げるとすぐに手元に目を落とし、耳だけで事の成り行きを探っている。

「そう言われましても。これは私個人としての返答ではないので」

「タバコをさ、ついでに買っただけだよ？　それを、わざわざ店まで戻って領収証を分けてもらえって言うの？　誰が吸ったかもわからないのに？」

明らかに、全員に聞こえるように声を出している。どうやら年配の社員は、会食をした店のレジで「ついでに」買ってしまったらしい。

「このお店、禁煙ルームを予約されていますよね。どなたが吸うかはわかりかねますが、少なくとも商談・接待に必要だとは認められません。しかも二箱。お土産として配るには頭数にも足りていません」

ぴしゃりと言われて、年配の社員はぐっと言葉に詰まる。まあ、厳しいけど聞いてるこっちとしても納得できる意見だ。

なのに年配の社員は、引き退《さが》らなかった。

「あなた、本当に四角四面だね。同じ会社の、それも目上の人間に何を言っているのかわかってる？」

ちょっとは譲る気持ちを持ちなさいよ。年配の社員の声を聞いて、俺は思わず顔を上げる。

（ひどい言い草だよな）

年上であることと経理上のやりとりは別だろうに。

「ほら」

年配の社員は、領収証を経理さんに突きつけた。すると経理さんはゆっくりと立ち上がり、「申し訳ありません」と頭を下げずに言った。

（ん？）

耳だけで事態をうかがっている奴にはわからなかっただろう。でも、経理さんは頭を下げるどころか、むしろ顎をそらしながら「申し訳ありません」と言ったのだ。

「目上の方であることは理解しています。が、これは会社のルールであり、私もそのルールを守らなければならないことをそちらもご理解ください」

言葉は丁寧だけど、態度が軽くメンチを切っていた。それが功を奏したのか、年配の社員は何かぶつぶつと文句を言いながらも領収証を引っ込めて自分の席に戻った。

「経理さん、相手選ばずですごいですよねえ」

例の女子がこそりと話しかけてくる。俺はうなずいてみせながらも、経理が相手を選んじゃ駄目だろう、と思う。

「――タバコ、今は結構高いからね。無視できないんじゃないですか」

そう言うと、女子は「あー、そうかもですね」と曖昧に頷いた。

何気なくネットでタバコの相場を調べてみたら、今は紙巻が六百円近くするらしい。二箱で千二百円というのは、確かに正当な理由が欲しいものではある。

そこでちらりと、昨日の領収証の件が頭をよぎった。タバコは駄目で、高いショートケーキは通された。

（こっちは、頭数が合ってたからよかったのかな）

俺は本当のことを申告していたから後ろめたさはないけど、それにしても経理というのは面倒な仕事だと思う。いわゆる大企業だったら「経理課」みたいになっていて人数も多いんだろうけど、うちは二人。しかももう一人の経理さんは監査役のような存在なので、毎日は出社しない。つまり、カネにまつわるいざこざを引き受けるのは目の前にいる経理さんだけなのだ。

（すごいよなあ）

自分にこれといった意見がなく、受け身で生きていきたい俺にとって、経理さんのようなきっぱりとした人は尊敬に値する。しかもさっきの態度を見た感じだと、経理さんはただのガチガチなタイプじゃないし。

（ちょっとカッコいい、かも）

そんなことを、思ってしまった。

経理さんはいつも弁当持参で、一人で食べている。休憩所と名のついた廊下の突き当たり、申し訳程度に置かれた椅子に座って。

「ランチ、誘っても来てくれないんですよねえ」

女子が諦めたような笑顔で言う。

「――倹約家なんですかね」

俺が返すと、女子はつまらなそうな表情を浮かべる。悪い。社交辞令で生きていたいんだ。

廊下を通る時に、ちらりと経理さんを見る。膝の上に弁当箱が載っていた。ご飯と、なにかおかず。茶色い弁当だった。小さかった。

(胃が弱そうだもんなあ)

光春の胃を半分分けてやりたい。どうでもいいことを考えながら、外に出る。

とはいえ俺も、ランチは節約派だから買うのはいつもスーパーの激安弁当だ。うまいものは、給料日のあとに光春と食えばいいと割り切っている。

しかしあるとき、俺は廊下の突き当たりで意外な光景を目にした。経理さんが、何かホットドッグのようなものを持っている。

(なんか黄色い?)

よく見るとそれはオムレット系のケーキだった。経理さんの腕が細いせいで、すごく大きく見える。それにためらうことなく大きな口を開けて、経理さんはかぶりつく。

口の周りに白いクリームがつく。舌がぺろりと舐める。

（あっ）

笑った。

たぶんだけど、あの長いケーキは経理さんなりの「ご褒美ランチ」なんだろう。なぜなら俺が食べ放題の予約を入れるのと同じタイミングでそれは出現するから。そしてそれがたいがい『まるごとバナナ』であることもわかった。たまに『まるごと苺』になるのは、さらなる贅沢だろうか。

それを経理さんは、ものすごく幸せそうに食べる。

（――もしかして、ショートケーキっぽい味が好きなんだろうか）

ああいうケーキの構成要素はスポンジケーキと生クリームとフルーツ。言ったら「ほぼショートケーキ」だ。

気になったので、ものすごくどうでもいい勇気を出して聞いてみた。

「もしかしてショートケーキ、好きなんですか」

ものすごい気まぐれで、聞いた。もしかしたらすごい勢いで眉をひそめられるかもしれないのに。

　でも、そうはならなかった。

「えっ」

　経理さんははっとしたように俺に顔を向けて、「あ——、まあ、そうですね」と言う。顔色が悪いところに、ほんのり血が通って元気になったように見えた。

「よくわかりましたね」

　お、当たってた。なんとなく嬉しい気持ちになって「俺も、ショートケーキが好きなんで」と言ってしまう。最後の一口を食べ終えた経理さんは、うなずきながらウエットティッシュで手を拭く。

　会話が続かない。気まずくなってきたので、つい余計なことまで言ってしまう。

「——いつもの弁当との落差がすごいですよね」

　今度こそ怒られる。そう思っていると、なぜか経理さんは小さく笑った。

「そうだろうなあ」

「え？」

「ああ、すみません。つまらない話ですよ。学費のために、倹約してるってだけで」

「なにか資格のスクールとかですか」

「いえ。弟の大学の。うちは貧乏なもので」

だからいつも残り物を詰めてきてるんですよ。そう言って、経理さんは立ち上がった。

「地味弁の極致ですから」

どうしよう。瞬間的にそう思った。言わせてしまったことも申し訳ないし、でもそれ以上に気持ちのどこかがおろおろしている。だって弟の学費って。どうしよう。


「それ、まんま朝ドラヒロインじゃん」

ホテルの食べ放題でカニを山盛りにした光春が、いひひと笑う。冬が近づくと、ビュッフェにもカニが登場するのがいい。

「だよな。でも違うんだよ。設定だけならホントそうなんだけどさ」

痩せてて顔色悪くて不機嫌で弟想いの倹約家。そこだけ見たらそうなんだよ。

でも。

眉間に皺寄せてメンチ切ってて、ランチに『まるごとバナナ』一気食い。ショートケーキを思いながら代替品で欲望を満たす。脳内のイメージはなんて言うかこう――。

「……幼い弟を庇《かば》いながら焦土を往《ゆ》く強い女、みたいな」

「おいおいおい」

それどんな漫画よ。光春が笑いながらカニの関節をばきりと折る。俺はそれにうまく返事ができず、カニの脚をうつむいてほじくる。だよな。俺も漫画かラノベかって思うわ。

するとその小さな沈黙に気づいた光春が、カニから顔を上げた。

「出会っちゃったのか、女騎士に」

そうなのかもしれない。


言葉はものごとに形を与える。

光春が指摘したせいか、あのとき以来俺には経理さんが女騎士にしか見えなくなってしまった。しかも、年末が近づくと経理が忙しいこともあって本当に強そうだし。

この間なんか、相手が誰かはわからないけど電話口で思いっきりドスを利かせてた。

「お金のルールなんてね、破るのは簡単なんですよ。法律だってそうでしょ。逆走禁止とか路上喫煙禁止とか、いっくらでもある。でもね、それを破ることを正当化しだしたら、終わりなんですよ。タテマエだろうがなんだろうが、それを守ることでこの社会は成り立ってるんだから」

耳が痛いくらいの正論を、バキバキに叩きつける。

「あーはい、ご理解いただけたら大丈夫です。はい。処理しておきます。失礼不手際多いかと存じますが、お許しいただけたら幸いです。では」

パソコンに何かを打ち込みながら、「おっしゃ！」とセリフがつきそうな勢いで片手がグーの形に握られる。

「――『お許し』も何も、めっちゃケンカ売ってましたよね」

廊下の突き当たりで話しかけると、経理さんは表情を変えずに「売ってはいません。買ったんです」と返す。

「もしかして、昔ヤンチャしてたり？」

冗談で言ってみると、経理さんの眉間の皺がぐっと深まった。まずい。

「ヤンチャ……」

「すみません、深い意味はないです。ごめんなさい」

思い切り頭を下げると、経理さんは言った。

「小さい頃、ヤンチャな弟を叱っていたのが出ちゃいましたかね」

言いながら、ちょっと口角が上がってた。

経理さんの輪郭が、俺の中でよりくっきりと浮かび上がってくる。まずい。これはなんか、まずい。

(仕事場でそういうのは、避けてたはずなのに)

気になりだすと、視界に入ってしまう。気づいてしまう。機嫌が悪そうなのは疲れてるからで、眉間の皺は微妙に近視のせいだって。

「なんか最近、経理さんと喋ってますよね」

女子にちくりと指摘されて、慌てて首を横に振る。

「いや別に。ちょっと経理で質問があっただけですよ」

「そうなんです?」

「はい」

女子は、俺の言葉にあまり納得していないような表情をした。

「でもあれですよねえ。経理さん、最近ちょっと機嫌いいとき多いですよね」

「そう思いますか」

俺はちょっと身を乗り出す。何回か話しかけているせいか、最近は少しにこやかになっていると自分でも思っていた。

「機嫌いいっていうか、楽しそうな感じ」

そう言われて、ちょっと嬉しくなる。経理さんは苦労人だけど、俺と話して気が楽になるならいくらでも話そう。俺は女騎士に笑われる吟遊詩人役でいい。

(――でも、守ってもらえたら最高なんだけど)

俺の中の女子が、経理さんに反応している。ああいう芯の強い人に、ついていきたい。会社的な意味ではリーダーじゃなくても、家庭のリーダー、人生を共にするリーダーとして、あの人の言うことをはいはいと聞いていたい。

でもそういうことを口に出したら、きっと激しく軽蔑されるだろう。俺の中の女子は、光春の前以外では表に出ることはない。


「あーもう、どうしたらいいのかわからない」

土曜の午前中。ファミレスのテーブルに突っ伏した俺に、光春が「はいはい」とドリンクバーからメロンソーダを入れてきてくれる。

「その、ケーリさん？　好きなら言ってみればいいのに」

「んー、でもなんか好きは好きなんだけど、欲望に直結してないっていうか」

一番近い感情は「素敵な人だな」なんだけど。

「それに実際問題さあ、好きですって言ってダメだった場合、俺、毎日気まずすぎるし」

「そりゃそうだけど」

光春はコーラのレモンをゆっくりと潰しながら「難しそうだなあ」とつぶやく。

「いや、難しそうなのはお前の方だろ」

思わず言うと、光春はびっくりしたように目を見開いた。

「え、なんで」

「だって最近、ユーザーネームころころ変えてるだろ」

光春と俺はゲームのフレンド登録をしているから、名前が変わっても相手が誰だかわかる。そして光春は昔から、何かあるとユーザーネームを変える癖がある。それがいいことなら『ハッピー〇〇』、嫌なことなら『ダークネス〇〇』というように。

そして今、光春のユーザーネームは『つらりん丸』、『ミライアンノウン』、『蛇ヘビー』と変わってきている。

「なんかあった？」

たずねると、今度は光春がテーブルに突っ伏した。

「光春」

呼んでも顔を上げない。

「……みっちー」

まったくもう。

「みっちゃん！」

そこまできて、ようやく光春は顔を上げる。

「オフレコ。絶対」

「オッケー。絶対」

忍者の合言葉のようなやり取りの後、光春は「俺、病気かもしんない」とつぶやく。

「——こないださ、会社の健康診断受けたんだよ。そしたら今まで何にもなかったのに、『異常所見を認めました。医師の診察を受けてください』って出てさ」

「マジか」

ちなみに場所は胃だという。光春らしいといえばそうだけど。

「今、痛いとかはないわけ」

「ないけど、この結果聞いてからなんかむかむかする」

「病院は？」

「検査してきた。でも、結果聞きに行くのが怖くてさあ」

泣きそうな表情でつぶやく光春から、俺はそっとグラスを取り上げる。

「え。なに」

「胃の具合が悪いなら、コーラはやばいだろ」

「あ、そっか」

「あったかいお茶取ってきてやるよ。あと、結果聞きに行くのっていつ？」

聞いてみると、この後だという。

「じゃあ、一緒に行こう」

俺が言うと、光春はぱっと顔を輝かせる。

「マジで？　いいの？」

「いいよ。だっておばさんたちに言ってないんだろ」

「なんでわかんの」

わかるもなにも、言ってたら今ここに来てないだろう。俺の言葉に、光春はそろりと目を逸《そ》らす。いやだからそういうとこ、子供の頃から変わってないし。

病院の待合まで来て「やっぱ帰ろう」と言いだす光春の手を引っ張る。

「ここで帰ったら、怖いままだぞ」

「でも、もしがんとかだったら」

涙目。光春は昔から病院が苦手だ。しかも今いるのは近所の開業医がやってる小さいクリニックじゃなくて、大病院だし。

正直、俺だってちょっと怖い。今まで病気に縁のない人生だったせいか、身近な誰かがと思うと気持ちがすくむ。それが兄弟のように育った光春なら、なおのこと。

「知れば、どうすればいいかわかる。治療法もあるかもしれない。でもここで帰ったら、悪化するルートしかないだろ」

自分に言い聞かせるように、ゆっくりと話す。

「それはわかってるよ……」

「怖いのはわかるけど、本当のことを知らないと次に進めないから」

そう言って、診察室の前で光春を送り出す。

「ちゃんと待ってるから」

上着を受け取って、背中を叩く。

「なんか央介、母ちゃんより母ちゃんみたいだ」

振り返った光春を見て、俺もちょっとぐっとくる。どうか治るものでありますように。

「いいから、ほら」

ぽっちゃり目の背中を丸くして、光春は診察室に入っていった。

俺は、廊下のソファで祈るように目を閉じる。もし大変なことになったら、おばさんたちに言わないといけない。ていうか俺たちはそれぞれ一人っ子だから、なんていうかこう、結構深刻なのだ。

(別に跡取りとかそういうのはないけど)

なんとなく、どことなく、この家は俺たちで打ち止め、みたいな感じがしている。女の人が感じる社会の圧力ってほどじゃないけど、俺たちが誰かと結婚するとか子供を作るとかしない限り、この家族のメンバーは減っていく一方なんだなってわかってしまうというか。

(できるのかな、そんなこと)

嫁に行きたいとか言っている俺が、誰かに選んで貰えるとは思えない。

(——ショートケーキになりたい)

黙って座ってるだけで、みんなに選ばれるショートケーキになりたい。「とりあえず」でいい。「無難」でいい。そうしたら、ショートケーキ好きの経理さんも俺のことを選んでくれるかも知れない。

（でも）

でもきっと経理さんは、そんな理由で相手を選んだりはしないだろう。わかってるし。

そんな馬鹿なことを考えていると、光春が診察室から出てきた。時計を見ると、十分も経っていない。

「早いな」

思わず言うと、光春は照れ臭そうに笑う。

「軽い胃炎だって」

「なんだよ」

「食べ放題で暴飲暴食してたから、胃が荒れて炎症を起こして、それが引っかかったみたい」

胃薬飲めば治るって。それを聞いて、こわばっていた体の力が抜ける。

「よかったな」

「まあでも、こういう胃炎を繰り返すと胃がんの元になることもあるから、食生活は気をつけてくださいだってさ」

それはそうだろう。俺はうなずくと、光春の背中をもう一度叩いた。

「食べ放題はしばらくお預けだな」


金曜日の昼休み。廊下に出ると、いい匂いがした。

誰かテイクアウトしてきたんだろうか。そう思って奥に目を向けると、経理さんが紙袋に手を突っ込んでいるところが見えた。

（マックのポテト――？）

（ん？）

地味弁と「まるごと」シリーズしかなかったランチに、いきなりマック。

「珍しいですね」

声をかけると、経理さんがはっとしたように顔を上げる。が、恐ろしく白い。

「ポテトが――安かったので」

ああ、全サイズいくらみたいなキャンペーンか。安さにつられて買ってしまったのかも。

なんてこと考える以前に、顔色がやばい。

「あの、大丈夫ですか」

光春のことを思い出してしまい、お節介とわかっていながら言ってしまう。

「ありがとうございます。大丈夫です」

いやそれぜんぜん大丈夫って感じじゃないし、早退した方がいいです。そんな俺の気持ちが届くわけはなく、経理さんは食べかけの紙袋をくしゃりとまとめると、ふらふらと自分の席に戻っていった。

(迷惑だったかな)

食事を切り上げさせたようになってしまい、落ち込みながら席に戻ると隣の女子が俺の肩を軽くつつく。

「経理さん、病院は行ったって言ってましたよ」

「そうなんだ」

「でも確かに、ちょっと心配ですね」

大丈夫って言ってるってことは、貧血とか低血糖とかかなあ。女子のつぶやきが、何かに引っかかる。

「あの。貧血や低血糖って、何も食べないとかの理由でなったりするんですか?」

「んー、女子的にはあるあるですねえ。ダイエットで食べなくて貧血とか、糖質オフしすぎで低血糖とか」

そうか、倹約しすぎだ。俺は心の中でうなずく。

（――ポテトだけじゃ、偏ってるよな）

でもいきなりカロリーメイトとか差し出すのも失礼な気がする。そんなことを考えながら午後の予定を見ると、件《くだん》の施主さんとの打ち合わせが入っていた。これだ。

打ち合わせを終え、ちょうど三時近くに戻って来ることができた。人がいないところを見計らって経理さんに近づき、紙袋を差し出す。

「これは？」

「よかったら食べてください。前にお話しした、おいしいショートケーキです。今日、たまたま近くに行く用事があったので」

きっと喜んでくれるに違いない。それにショートケーキは砂糖と卵と小麦粉、それに生クリームと少しのイチゴが主成分だ。とりあえず栄養はある。

けれど経理さんは、俺に向かって頭を下げた。

「わざわざありがとうございます。でも、結構です」

「え？　でも、ショートケーキ、お好きだったんじゃ」

別に今お腹いっぱいなら、持ち帰れば。そう言っても首を横に振る。

「ごめんなさい。今日は体調的に無理だし、明日は家族で出かける用事があるので、持って帰っても食べられないんです」

「あ、そうなんですか……」

残念な気持ちとともに、胸の底から「それでこそ」という声が聞こえてくる。だって、「ありがとう」と言って受け取る方が圧倒的に簡単だ。それで家族の誰かにあげてしまうとか、捨ててしまうとか、処理する方法はいくらでもある。なのに経理さんは、正直で面倒な方を選んだ。

不器用な女騎士。言い訳が下手で、いらない敵を作る。

それでこそ、俺の憧れる貴方だ。


しかしこれはどうしよう。

（まあ、俺が食えばいいだけの話だけど）

紙袋を持って席に戻ると、隣の席の女子が目ざとく「それ、有名なパティスリーのですよね」と声をかけてきた。

「はい。よかったら食べますか」

少し投げやりな気持ちで言ったところ、「え？　いいんですか？」と微笑まれてしまう。

（なんかちょっと、すみません……）

俺は心の中で女子に頭を下げる。でも喜んでもらえる人にあげられたのは、よかった。

「今日、商談頑張ったから甘いもの食べたかったんです」

そう言われて、ふと女子の方を見た。最近彼女は、たて続けに金額の大きな仕事をまとめている。俺より少し年下だけど、仕事の能力は俺より上かもしれない。

「商談まとめるの、うまいですよね」

俺の言葉に、女子はにこりと笑う。

「私、仕事はめんどくさい方が燃えるタイプなんです」

なるほど、ハンタータイプだったのか。

「末端とはいえ、建築業界に足を突っ込んだからには、大きな仕事に携わりたいじゃないですか」

まあ、そういう気持ちはわからないでもない。俺は同意の意味を込めてうなずく。

「いい建材を使ってくれる施主さんと、いい工務店さん。うまくつないで、いい建物を建てたい。私の理想は、お金に糸目をつけない大富豪の仕事を受けることです」

「大富豪の仕事……」

ぼんやり復唱すると、女子は「石油王とか、現実的なところだと中国のお金持ちとかですかね？」と首をかしげる。

「日本に別荘欲しい人、絶対いると思うんですよね。そういう人の案件、受けてみたいなあ」

SNSで探した方が、話が早いですかね。そう言って、パソコンに向き直った。

ちょっと、新鮮だった。

うちは良くも悪くもドメスティックで、俺も既存の枠の中で仕事をしていたように思う。でも、外を目指してもいいんだ。お客さんは、日本人じゃなくてもいいんだ。

（すごいな）

同じ仕事をしているのに、見ているものが全然違う。ちょっと尊敬してしまった。

それに引き換え俺は、何を見ていたんだ。

皆の前に立つ経理さんは、顔色が悪いながらも笑顔で「しばらくお休みをいただきます」と頭を下げた。産休だった。

（――つわりってやつだったのか）

確か気持ち悪くなったり、特定のものが食べられなくなったりするんだよな。じゃなきゃ、特定のものだけが食べたくなったり。

（ていうか産休以前に、経理さんは結婚したのか？）

相手は？　まさかシングルマザーだったりしないよな。俺の動揺を読み取ったかのように、隣に立つ女子が「経理さんのお相手、よくうちに来てる工務店の営業さんだそうですよ」と囁く。

「ああ、あの優しそうな」

丁寧で、真面目な感じの人だった。そうか。女騎士は、自分の背中を預けられる相手をきちんと見極めていたんだな。

（――なんだかな）

たぶん、軽い失恋なんだと思う。でもそこまで悲しくはない。むしろ俺みたいな人間じゃなく、きちんとした人が相手でよかった、みたいな気もする。

（うん。よかった）

経理さんはここを辞めるわけじゃないし、この関係は変わらない。

全員に向けた挨拶が終わったあと、初めて経理さんの方から話しかけに来てくれた。

「キハラさん、この間はすみませんでした。あのショートケーキ食べたかったんですけど、つわりのせいで体調が悪くて」

「そんな気にしないでください」

「いえ。態度も失礼でした」

そう言って、ぺこりと頭を下げられた。

「今は大丈夫なんですか？」

「はい。ちょっと落ち着いてきたみたいで、少し食欲が戻ってきました」

ならよかったです。俺が言うと、経理さんは「あ」と小さな声を上げた。

「そういえばこの間、弟がイチゴの載ったケーキを買ってきてくれたんですよ。ショートケーキの、一番大きなホールです」

いい弟だ。経理さんは学費を貯め、弟はお祝いにケーキを贈る。いい姉弟じゃないか。

「それを見た瞬間、この間いただけなかったキハラさんのケーキを思い出したんです。あれ、ミニサイズのホールでしたよね」

「え？　あ、はい」

「――独り占め、憧れでした」

経理さんが恥ずかしそうにつぶやく。

「あまり贅沢はできない家だったので、小さい頃はケーキを一人で全部食べる機会がほとんどなくて。だから外で『まるごと』シリーズを食べるのは、その反動もあったかもしれません」

「そうなんですか」

「だから、すごく嬉しかったんです」

ありがとうございました。経理さんはそう言って笑った。

カッコいいというより、小さな女の子みたいな笑顔だった。


経理さんが去ったあと、ぼんやりと座っているとデスクの上にコーヒーが置かれた。

「元気出してください」

女子だった。

「いや、別に元気ですよ」

どきりとしながら平静を装うと、彼女は小さな声で言った。

「可愛いですね」

「え？」

「年上の先輩に、ごめんなさい。でもキハラさんって、すごくわかりやすくて可愛いです。ドキドキしたりシュンとしたり、見ているとバレバレで」

ええええ。思わず見返すと、彼女は口角をくっと上げる。獲物を見つけたハンターみたいな、不敵な笑み。

「カジモトさんのことを見ているキハラさんが、好きでした」

え？　それって俺のことを好き、じゃなくて経理さんのことを好きな俺が好き、ってことだよな？　てことは普通の俺は好きじゃない？　え？　どっち？　ていうか過去形？

混乱して言葉を失った俺に向かって、彼女は小さな声で続ける。

「あと、キハラさんの手土産ってすごく相手のこと考えられてるし、つまりは人のことよく見てるし、お節介だし、細やかだなあって」

「あ、りがとう……」

かろうじて、声を絞り出す。

「私、大枠をまとめるのは得意ですけど、他が雑なのでそういう人とペアを組みたいと思ってるんですよ」

「そう、なんだ――」

告白なのか、そうでないのかわからない。それ以前に、ここはオフィスで誰がいつ近くを通りかかるかもしれなくて。

なのに彼女は話を止めない。

「ねえキハラさん。私とペアになりませんか」

「えっ？」

「私、数年内には起業しますから。そうしたら、ついてくる気はないですか」

違うタイプの告白。というかお誘い。俺の中の女子が「んもう、どっち⁉」と頬を赤らめながらまんざらでもなさそうな顔をしている。

（……どっちでもいいか）

俺を引っ張っていこうとする彼女のことを、俺は初めてきちんと見た。ぱっと見は「今どきの女子」だけど、その表情は裏表を使い分けてクレバーだ。

（きっと、本当に強いのはこういうタイプなんだろうな）

俺でよければ、と答えてしまいたくなる。


「やっぱ五億」

日曜日。銀座のカフェで、俺は光春に向かって言った。

「えー？　それクリスマスプレゼントのこと？」

「そう。やっぱ五億がいい」

「つか無理じゃん。でも、なんで？」

「――まあ、五億あったら好きな家が建てられるかなって」

「そりゃそうだろうけど」

光春は医者の教えに従って、温かい紅茶を飲んでいる。ただ、レモンを死ぬほど入れるところは変わってない。あと砂糖も入れすぎてて、今度は糖尿病が心配になる。

「それ以前に、俺、これを奢《おご》るんじゃなかったっけ？」

光春は手に持ったフォークで皿の上を指した。そこにそびえ立つのは、高級フルーツ店が作ったショートケーキ。イチゴがぴかぴかに新鮮で、真っ白なクリームもたっぷり。もちろん、中にもたくさんサンドされている。

「クリスマスプレゼントは高いショートケーキがいい、って言ったじゃん」

そのお値段、ワンカット千百円。ちなみにイチゴにこだわらなければ、もっと高いショートケーキも存在した。メロンとかマンゴーとか。

「まあな」

さっくりとフォークを入れて、口に運ぶ。イチゴがジューシーで、甘酸っぱい香りが口の中に広がる。その後から、とろんとした生クリーム。おいしい。確実においしい。

（こうはなれないだろうけど）

せめて、「間違いのない味」でいたい。そんなことを思う。

「あ、俺からはこれな」

俺は光春リクエストの新作ゲームソフトを渡す。

「おー、サンキュ。これでやっと狩りに行けるわ」

その言葉に、一瞬俺は喉を詰まらせる。

「——狩り？」

「そうそう。よくあるパターンだけど、モンスターとか恐竜とか、でかい系のやつを協力して狩るやつなんだよ」

「へえ」

コーヒーを流し込む俺に向かって、光春はにやりと笑ってみせる。

「女騎士はいないけど、女ハンターはいるから」

「なんだよ」

ちょっと狩られてみたくなるじゃないか。

あとがき

最大公約数が苦手な人生を歩んできました。根がひねくれているので「みんながだいすき」なんて信じなかったし、受け入れる気もなかった。でも出されたら食べちゃうし、食べたらおいしいんですよね。ショートケーキ。悔し悲し嬉しい。

そんなアンバランスな気持ちをすっとほぐしてくれたのが、岡野大嗣さんの短歌でした。箱に入ったケーキを持ち歩くときの足どり。そこに宿る「なにか」。最大公約数であろうがなかろうが、やわらかであたたかな「なにか」を掬い上げた歌は、私の中の何かを救ってくれたのでした。

それと同時期に目にしたのが、荻原海里さんと志村洸賀さんの作られたコージーコーナーのポスターです（二〇一七年度朝日広告賞準朝日広告賞作品）。箱に入ったケーキが寄ってしまったり崩れてしまったりしているのに、微笑ましい。「持って歩いた人」を主人公にしたイメージが素敵でした。

たとえ不格好でも、私も誰かに何かを差し出したい。そんな気持ちでこのお話を書きました。

最後に、左記の方々に感謝を捧げます。

この作品を書くにあたって、多大なるインスピレーションを与えてくれた岡野大嗣さん。載録を快く許可してくださってありがとうございます。素敵な広告を見せてくれた荻原海里さんと志村洸賀さん。作中に勝手にお店を登場させてしまった銀座コージーコーナーさん。お菓子も大好きですが、実はお名前も作品にぴったりだったのです。上品で美味しそうなデザインをしてくださった石川絢士さん。雑誌掲載から書籍まで多岐にわたりお世話になった編集の皆さん。さらに営業や販売など、この本に関わってくださったすべての方々。私の家族と友人。K。そして今、この頁を読んでくれているあなたに。

光が、少しでも届くことを祈って。

坂木司

コージーコーナーのジャンボシュークリームをもぐもぐしつつ。

文庫版あとがき　ひかりといのり

灯台のようなお話を書きたいと思っています。夜、静かに光りながら回っていて、暗闇に目を向けた人にその光が届くようなものを。回る光はぐるりすべてを照らさないから、うつむいているときにその光は見えない。でも、寂しくてつらくてずっとそこにうずくまっている人には、必ず光がめぐってくる。その地面を照らす。そして顔を上げれば、灯台はいつもそこにあることに気がつく。そんなものであれたらと。

読む理由なんて、つらいときをやり過ごすための時間稼ぎでも時間潰しでもなんでもいいと思っています。なぜなら文学というものは、メディアの形が違っても「待っていてくれる」ジャンルだと私は信じているから。

それは静かに、じっと待っています。徹夜明け、教科書で覚えただけの「春はあけぼの」が「こういうことか」とわかる瞬間。『高瀬舟』のジレンマに我が身がさらされて涙する日。あるいはうつくしいものをうつくしいと言いたくなったとき。岡野さんの詠まれた短歌が時を経てインターネットの向こうから私に届いたように、このお話もいつか誰かと出会えますように。そんなことを、祈っています。

それはそれとして、やっぱりショートケーキはおいしいです。あと今になって気がついたんですけど、ショートケーキって紅白ですね。だから特別な感じがするのでしょうか。ならもういっそクリスマスだけじゃなく、お正月にも食べちゃおうかな。追いイチゴし放題で。案外、似合うかもしれません。

最後に、左記の方々に感謝を捧げます。

突然の依頼にも関わらず、宝物のような解説をお書きくださった岡野大嗣さん。この本は、解説まで含めてようやく完成したような気がしています。文庫版でも素敵なデザインに仕上げていただいた石川絢士さん。書籍から文庫へと綺麗な流れを繋いでくださった編集の皆さん。営業や販売など、この本に関わってくださったすべての方々。私の家族と友人。そして今、このページを読んでくれているあなたに。

コージーコーナーのプチケーキのメンダコにメロメロな　坂木司

解説　わずかに重なりあう祈り

岡野大嗣

吹き抜けの天窓から陽光を取り込み、始業直後のショッピングモールは新緑の季節のような柔らかい眩しさに満たされている。まだまばらな客がめいめいに目的の店へと散らばっていく。その動きをぼんやり受けとめながら一階を歩いていると、視界の端にひときわ明るい気配を感じて立ちどまる。気配の元を辿ると洋菓子屋があり、ケーキのショーケースに行き当たる。準備中につき何も入っていない透明の箱は、LEDが内に仕込まれていることを差し引いても、周囲より明るく浮かび上がって見える。ショートケーキ、ガトーショコラ、チーズケーキ、モンブラン、ミルクレープ、ウィークエンド・シトロン…。商品名のプレートだけが等間隔に立ち並ぶ空間は、さながら区画割りされた更地の分譲地だ。家々が建ち並んでいくのをコマ送りの動画で見る感覚で、できたてのケーキが並べられていく一部始終に見入ってしまう。並べられたケーキは一つ一つが光源としてさまざまに色を持ち、光をにじませている。一度だけ見た夢の中に現れた、いつまでも鮮やかに思い出せる光景だ。

夕暮れ時にケーキを選ぶ人の表情を垣間見るとき、近い未来に待つ穏やかな時間がふとよぎることがある。大切な誰かと一緒に。一人静かに夜をたたえて。シチュエーションはさまざまだろうけれど、これからケーキをたずさえて帰る、名前も知らない誰かのうれしい近況をおすそわけしてもらった気分になる。ショーケースに並ぶケーキは、帰路をあたたかく迎える家々の窓明かりのように人の心をほの照らしている。ケースから銀色のプレートに移されたケーキが目のまえに差し出される。「こちらでお間違いないですか？」とたずねる人も、うなずく人も、柔らかい炎に見入るような、お祈りめいた表情を浮かべている。その祈りは、持ち運び用の箱にひっそりと、ケーキにまぎれて入り込む。祈りをたずさえて街角をゆく人たち。きっと、隣り合ったりすれ違ったりしているのだろう。自分もケーキを持ち運んでいれば、にじみでる祈りが見知らぬ誰かの祈りとわずかに重なりあう瞬間に、気づかないまま立ち会っていることもあるのだろう。

神様、誰かの尊い瞬間に立ち会わせてくれてありがとうございます。（『追いイチゴ』より）

本書は、複数の登場人物を主人公にして視点を変えながら物語を進める、いわゆる群像劇の構成がとられている。ある一編で主人公だった人物が他の一編では脇役に回るわけだが、特徴的に感じたのは、あからさまな脇役にならないこと。主人公ではないときにもスポットライトが向けられる瞬間があり、その光が、各編の主人公の表情をも豊かに照らし出すこと。一編ずつ、そうしたシーンを振り返ってみたい。

表題作『ショートケーキ。』には、一つ前の短編『ホール』の主人公「ゆか」が友人の「こいちゃん」を連れて現れる。駅ビルのコージーコーナーで、「失われたホールケーキの会」のためのホールケーキを買い求める二人に、この一編の主人公「カジモトくん」が店員として対応する。その後に続くシーンが印象的だ。屋上庭園のパラソルの下で、ゆかとこいちゃんが買いたてのホールケーキをむさぼる。先に『ホール』で読んで知っているシーンなのだが、既視感がない。青空を背景にパラソルの下でお互いの一日をねぎらいながら過ごす二人が、ショーケースに並べられる最初のケーキのように輝きを放っている。カジモトくんがその光景に見た「闘う天使」の姿は、お腹に「これから」を宿した「姉ちゃん」への静かなエールとなって重なる。ところで、「よそ行きの格好のままもりもりケーキを食べる二人」の姿は、『ホール』を読み進めるときにはあまり意識に上ってこない。二人の視線は主にホールケーキに注がれているから。『ホール』の最後の一行で「こいちゃんの首にも円形で粒が連なったものが光っているのだった」と、ゆかの視線によって浮かんできた「よそ行き」の二人の姿が、カジモトくんの目を通して立体的に立ち上がるのだ。

『追いイチゴ』の主人公は、カジモトくんの恋らしきものの行方を密かに応援する先輩バイトの「上田さん」。カジモトくんが、「レジ横のサービス品ボックスから、売れ残っていたキャンドルをそっとケーキの袋に入れた」瞬間に、上田さんは眩しさを覚える。屋上庭園から帰ってきたカジモトくんの平熱を装った顔に、「心の中で手を合わせ」、「尊い瞬間」に立ち会わせてくれたことを神様に感謝する。うれしい気持ちを「追いイチゴ」で増幅させる上田さんの表情は、カジモトくんが「天使たちが去った方向に、まっすぐ歩いていく」シーンのスポットライトからこぼれる光に照らされている。そのにじみでる祝祭感は、『ままならない』で「追いイチゴ」の話を「さとこちゃん」伝てに聞いた「あつこ」にまで伝播し、「大切なものはいくつあったっていい。数が増えたって、大切さは目減りしない」と自分に言い聞かせるような、あつこの小さな祈りに重なっていく。カジモトくんから上田さんへ、上田さんからあつこへ、光が時間差で届けられるのを見ているような感覚になる。そのとき、上田さんのショートケーキに追加トッピングされた「追いイチゴ」は、夜空の星のようにまたたく。『ままならない』では、一人になれるわずかな時間を都合しあう「さとこちゃん」

「きみえちゃん」「あつこちゃん」の三人の「ままならない」ママたちが、「ほめる世間」になってお互いに、それぞれが育児から離れられるひとときを少しでも幸せに過ごせているようにと、祈りを重ねあう。『騎士と狩人』で主人公の「央介」は、職場の「経理さん」が『まるごとバナナ』を「ものすごく幸せそうに食べる」シーンに出くわす。オムレット系のケーキにかぶりついて、口の周りについた白いクリームを舌でぺろりと舐めとる経理さんはカジモトくんの姉だ。いつもの「機嫌悪そう」なイメージとギャップしかないその様子を垣間見て、「特にやりたいこともなく、将来への夢もない」はずだった央介の心に、時間をかけて少しずつ光が差し込んでいく。

倒れないようにケーキを持ち運ぶとき人間はわずかに天使

本書はこの短歌から大きなインスピレーションを得たところがあると、坂木司さんご本人があとがきでふれてくださっている。ありがたいことに、クリスマス・イブが近づくとSNS等で引用されることも多い一首だ。「倒れないように注意深く、そろりそろりとケーキを持ち運ぶとき、人間の心はやさしくおだやかで、ほんの少し天使のようだ」。このように解釈されることが一般的で、作者としてもうれしい限りなのだが、詠んだときの心情はおだやかでない部分もあった。片手にケーキの紙袋を、もう片方の手に贈り物の紙袋を持ち、混みあう街角を歩く。すれ違いざまに紙袋にちょっと当たられるだけでケーキが崩れるかもしれない。自分が進むところは〈モーセの道〉のように開かれてほしい、みんな道を空けてくれ。自分の中の悪魔が傲慢な気持ちを駆り立てる。

先の短歌の構造的な特徴に、副詞「わずかに」が名詞「天使」にかかっていくところがある。ふつう副詞は名詞にはかからないが、ここを詩的な誤用と捉えても差し支えないのが短歌という一行詩を読む醍醐味であり、「ほんの少し天使のようだ」と解釈するのはごく自然である。しかし、実際のところこの部分は、「天使（のようにいられたら）」と、祈りの語尾を省略した構造が意図されている。「わずかに〜いられたら」とかかっていくわけである。短歌が生まれたときの心情を振り返ると「せめてケーキを持ち運ぶときくらい、天使のようにいられたら」だった。もちろん、作者が明かしたからこの読みが正解、と言いたいのではない。ただ、この一首に込めた祈りのニュアンスを坂木さんは掬いとってくださっていた。そのことがとてもうれしかったのだ。

最後に、本書全体を照らしている一節を引用したい。駅ビルの屋上庭園で、ホールケーキに挟まれた「黄桃」の「懐かしい味」にゆかとこいちゃんが反応するシーンだ。

無数の「かもしれない」を積み上げながら、私たちは生きている。(『ホール』より)

ありえたかもしれない過去を思う時間は、ありうるかもしれない未来を祈る時間でもある。「誰かの尊い瞬間」に立ち会う／立ち会っている可能性に思いを馳せること。その小さな祈りが通奏低音となり、天窓から差す陽光のような柔らかさで、本書の登場人物たちの日常に響いている。

そもそも祈りとは、せめてそうありたいと願う心のありようだろう。上田さんのように「若い人には幸せになってほしい」と素直に願えるようでありたい。あつこの娘の「奈々」のように、誰かが「いいこと」をしたら「なでなでしてあげる」と思えるようにいたい。たとえ完全に叶わなくても、ありうるかもしれない未来を祈るひとときは、それ自体が希望になることもある。ショートケーキの上に置かれた一粒の苺のような、一筋であっても頼もしい光を連れて。

(歌人)

デザイン　石川絢士［the GARDEN］
単行本　二〇二二年四月　文藝春秋刊

文春文庫

ショートケーキ。

定価はカバーに表示してあります

2024年9月10日　第1刷

著者　坂《さか》木《き》　司《つかさ》

発行者　大沼貴之

発行所　株式会社　文藝春秋

東京都千代田区紀尾井町3-23　〒102-8008
TEL　03・3265・1211㈹
文藝春秋ホームページ　http://www.bunshun.co.jp

落丁、乱丁本は、お手数ですが小社製作部宛お送り下さい。送料小社負担でお取替致します。

印刷製本・TOPPANクロレ

Printed in Japan
ISBN978-4-16-792272-6